В наперсниках

Петр Боборыкин

В НАПЕРСНИКАХ

(Изъ записокъ холостяка)

"Sie war liebenswürdig, und er liebte sie".
H. Heine.

I

Было это четырнадцать лѣтъ тому назадъ. Я проснулся поздно ночью, часу въ четвертомъ. Комнату окутывала густая тьма. Я еще не обзавелся привычкой спать съ ночникомъ. Стояла холодная парижская зима. Подъ толстымъ одѣяломъ, съ пуховикомъ на ногахъ, по французски, я продрогъ. Каминъ давно потухъ. Сквозь щели большого окна, спускающагося до полу, проходили струйки морознаго воздуха. Я чувствовалъ, какъ отъ дыханія моего шелъ паръ.

Лежалъ я на широкой кровати съ неизбѣжнымъ ситцевымъ пологомъ дешевыхъ гарни. Голова завалилась немного назадъ на жидкой подушкѣ по срединѣ неудобнаго, для насъ русскихъ, поперечнаго валька. Бѣлье было плотное, нѣсколько даже грубоватое и волглое. Мой гарсонъ Alexandre считалъ слишкомъ большой тонкостью согрѣвать постель на ночь.

Черезъ пять минутъ я почувствовалъ, что сна уже нѣтъ и не будетъ до утра. Я не страдалъ безсонницами. Меня охватило совсѣмъ другое... Сначала ужасное чувство одиночества, не заброшенности, не безпомощнаго скитанія по бѣлому свѣту, а именно одиночества своего душевнаго. И вслѣдъ за этой первой надсадой, произошло во мнѣ какое-то особое никогда еще не испытанное потрясеніе. Не то припадокъ, не то нравственный переломъ. Отдаваясь ему, я успѣлъ, однако, вспомнить и сообразить, что цѣлыхъ два дня во мнѣ уже что-то назрѣвало. А толчокъ былъ данъ вотъ какой картинкой изъ жизни иностранца.

1

II

Парижъ праздновалъ свой "réveillon". Ночь наканунѣ Новаго года была такая же холодная, сухая, звонкая *лунная* ночь. Насъ собралось нѣсколько человѣкъ, все жители латинскаго квартала, члены одного маленькаго общества любителей природы. Вечеръ провели мы на засѣданіи, а засѣданія наши происходили въ какомъ-то темномъ подвалѣ съ древними скамейками, съ входомъ изъ подворотни, въ одномъ изъ самыхъ старыхъ и заброшенныхъ переулковъ квартала Saint-Jacques. Сгруппировалъ нашъ маленькій кружокъ старожилъ Латинской страны. Теперь уже онъ покойникъ. Сколько онъ тратилъ возни, бѣготни, понуканій и всякихъ прельщеній, чтобы члены писали свои рефераты. Такъ и сгорѣлъ на работѣ, на такой работѣ, о которой у насъ не имѣютъ и представленія. И всегда на ногахъ, ходя, посасывая свою деревянную вонючую трубочку, постоянно возбужденный, съ задорными вихрами изъ подъ домашней шапочки, разбрасывая плевки направо и налѣво, неряшливый и все-таки блестящій, хоть и въ стоптанныхъ туфляхъ и въ желтомъ фулярѣ на шеѣ. Онъ точно рыбу выуживалъ иностранцевъ: съ Антильскихъ острововъ, изъ Мексики, изъ Гвіаны, валаховъ, грековъ... Къ русскимъ имѣлъ особый вкусъ. Онъ и въ наше немудрое общество втиснулъ обращики всякихъ національностей. Были тутъ два испанца изъ Южной Америки, былъ шведъ, цѣлыхъ четверо русскихъ и баварецъ изъ Мюнхена, пристрастный къ ботаникѣ, посланный отцомъ — придворнымъ каретникомъ — въ обученіе къ знаменитому Биндеру.

Вотъ и случилось такъ, что нашъ предсѣдатель и фактотумъ собралъ насъ въ вечеръ подъ Новый годъ. Въ нашемъ подвалѣ была ужасная стужа. Какъ ни согрѣвалъ предсѣдатель своими шутками, остротами и даже гримасами, и чтеніе реферата, и пренія — дѣло не шло. Всѣ ужь очень ежились. Керосинъ въ двухъ лампочкахъ дымилъ и грозилъ намъ жестокимъ угаромъ. Даже мой сосѣдъ изъ русскихъ естественниковъ, смѣшливый до болѣзненности, только сначала хихикалъ и "прыскалъ", а потомъ принялъ угрюмое выраженіе.

Въ половинѣ одиннадцатаго засѣданіе закрылось.

— Въ кафе, въ кафе! закричали всѣ, и мы двинулись гурьбой по направленію къ бульвару St. Michel.

III

На бульварѣ, около музея Клюни, по обоимъ тротуарамъ все кишѣло. Какъ всегда, раздавалось пѣніе, слышались визгъ, хохотъ. По нѣскольку человѣкъ въ рядъ, взявшись за руки, ходили вверхъ и внизъ съ болтовнею и студенческими прибаутками, останавливали женщинъ, задѣвали полицію. Мнѣ и еще двумъ русскимъ вся эта жизнь еще не успѣла примелькаться. Она казалась еще свѣтлымъ пятномъ на тогдашнемъ фонѣ разлагающейся Имперіи.

— Надо идти въ Бюлье! пригласилъ одинъ изъ испанцевъ.

— Поздно. Сегодня нѣтъ ночного бала.

— Какъ нѣтъ?

— Да нѣтъ, подтвердилъ баварецъ, отличавшійся обстоятельностью и по этой части.

— А по ту сторону рѣки?

— Можетъ быть, въ Valentino, да и то врядъ ли.

— Нѣтъ, господа, крикнули два-три француза:— надо непремѣнно отыскать балъ; нынче réveillon, нельзя же коптѣть въ кафе. Ночь славная. Двинемтесь всѣ пѣшкомъ.

Пошли. Отъ холоду пришлось также схватиться за руки и, стѣной, занимая цѣлый тротуаръ, спускаться къ Сенѣ. Французы и испанцы сейчасъ же затянули производившую тогда фуроръ пѣснь Терезы "La femme à barbe". Припѣвъ этой пѣсни постоянно звенѣлъ у меня въ ушахъ. Два, три раза въ недѣлю, до пятаго часу утра, въ дни ночныхъ баловъ, я то и дѣло просыпался подъ этотъ припѣвъ.

Въ Valentino не было бала. Мои спутники начали

3

браниться. Всѣ прозябли, хотѣлось ѣсть, пить. Экономные французы боялись хорошаго ресторана съ дорогимъ ужиномъ.

— Mes enfants, скомандовалъ намъ предсѣдатель:— кто первый вспомнитъ, гдѣ есть ночной балъ, тому я ставлю "un bock".

— Я знаю навѣрное, объявилъ баварецъ.

— Гдѣ, гдѣ? раздалось со всѣхъ сторонъ.

Мы стояли посреди улицы St. Honoré.

— A la reine Blanche, выговорилъ баварецъ, такъ что у него вмѣсто Blanche вышло Planche.

— Тамъ наверху? спросили французы:— около заставы?

— Я васъ поведу добродушно предложилъ нѣмецъ, поглядывая на насъ сквозь свои тяжелыя, золотыя очки.

Онъ повелъ насъ черезъ весь городъ, въ гору, по улицѣ Клиши. Мы пошли попарно еще скорѣе, нѣкоторые даже подпрыгивали отъ холоду, засунувъ руки въ карманы. Улицы, несмотря на ночь Ревельона, опустѣли. Мы не встрѣчали почти никого, кромѣ сержантовъ и ветошниковъ. Но въ воздухѣ было что-то подмывающее, острое и веселое. Ночь все свѣтлѣла и свѣтлѣла. Я и другой русскій забыли даже про то, что у насъ зудятъ ноги и чешутся губы — подарокъ зимняго Парижа.

И этотъ русскій и двое другихъ, хоть мы и жили въ одномъ отельчикѣ, часто обѣдали вмѣстѣ и ходили на лекціи — мало знали меня. Мы познакомились уже за-границей. Наши табльдотные и уличные разговоры иногда затягивались на цѣлые часы, но они не задѣвали того внутренняго человѣка, который сидѣлъ во мнѣ. Общихъ вопросовъ, внѣшнихъ впечатлѣній, новостей, книгъ, газетъ, музеевъ и библіотекъ было слишкомъ довольно, чтобы оставаться на пріятельской, но сухой ногѣ.

И когда мы шли въ гору, приближаясь уже къ "Place Blanche", я очень рѣзко почувствовалъ эту сухость, вспомнилась Россія, встрѣча Новаго года, захотѣлось совсѣмъ другого тона, даже другихъ звуковъ собственнаго голоса. А на сердце точно положили кусочекъ льду, или охладили его эѳиромъ... Вся горечь пережитаго: глупыя неудачи, зря потраченный трудъ,

4

уколы самолюбія, исканіе русское, безплодное исканіе полнаго, "всеобъемлющаго" чувства — все это точно скопилось тамъ, гдѣ-то на днѣ и лежало въ видѣ кусочка льда.

IV

Мой русскій былъ добрый парень, сметливый, немножко придирчивый, большой спорщикъ... Онъ способенъ былъ оказать услугу, дать денегъ, просидѣть съ вами три часа сряду, растолковывая какую-нибудь научную подробность, но съ нимъ невозможно было начать говорить о себѣ. Просто неприлично. Этого мало: инстинктъ подсказывалъ, что онъ однимъ какимъ-нибудь возгласомъ заморозитъ васъ еще болѣзненнѣе или прыснетъ, сошкольничаетъ, правда, безъ цинизма, безъ грубости, зато съ какимъ-то старческимъ, нутрянымъ, безобиднымъ, но опошляющимъ смѣхомъ.

Не знаю, думалъ ли онъ въ это время о себѣ, о недавнемъ прошломъ, о чемъ-нибудь родномъ или своемъ домашнемъ. Если и думалъ, то не сказалъ бы. Въ лицѣ этого русскаго я впервые наткнулся на непріятное для меня и въ ту эпоху европейство. Онъ точно обязательно говорилъ постоянно объ общихъ предметахъ или о томъ, что переживалъ въ Парижѣ. Точно онъ считалъ для себя непристойнымъ вдругъ заговорить по-просту про наши дѣла, вспомнить свое студенческое время, повторить какой-нибудь анекдотъ, найти въ своихъ воспоминаніяхъ если не свѣтлый, то характерный уголокъ... Онъ былъ родомъ москвичъ. Я зналъ, что добился онъ посылки за-границу и трудомъ, и талантомъ. Въ душѣ его должны были остаться свѣжіе слѣды первыхъ схватокъ съ жизнью, хорошихъ испытаній студенчества, веселаго вздору, идей, зароненныхъ въ аудиторіи, первыхъ очертаній того, что ляжетъ впослѣдствіи въ программу всей душевной работы.

Но мой спутникъ продолжалъ только смѣяться, перекидываться криками и фразами съ переднею парою, посвистывать и потирать себѣ руки, ёжась въ короткомъ драповомъ пальто. Ему не хотѣлось говорить со мной "по душѣ", и я все болѣзненнѣе чувствовалъ, какъ кусочекъ льду лежитъ у меня на сердцѣ. Но мнѣ сдавалось, что и этотъ прыскающій "естественникъ" чувствуетъ то же одиночество, что и я. Молодость помогала ему. Такія натуры могутъ на долгіе годы составить свою жизнь изъ клѣточекъ, учиться, толковать, дѣлать опыты, спорить, а когда подойдетъ старость — сказать съ кислой усмѣшкой:

— Теперь ужь некогда распускать нюни, надо додѣлывать свое дѣло.

V

— Пришли! крикнулъ баварецъ впереди, доведя насъ до ночного бала.

Мы съ моимъ путникомъ попадали въ первый разъ въ эту мѣстность. Надъ входомъ газовые рожки выдѣлывали четыре слова: "A la reine Blanche". Входъ былъ росписанъ въ видѣ тріумфальной арки. Толпилась кучка блузниковъ, маски прибывали съ паясничаньемъ, чоканьемъ и все тою же пѣснью Терезы "La femme à barbe".

Балъ былъ настоящій заставный, съ платою по семидесяти вити сантимовъ за входъ.

— Ну, деруть! сказалъ мой русскій, и даже скорчился отъ тромбоннаго треска, вылетѣвшаго наружу изъ распахнутой двери.

Когда мы платили свои семьдесятъ пять сантимовъ, мнѣ вспомнился эпизодъ изъ романа Евгенія Сю "Мартынъ Найденышъ". Я читалъ его гимназистомъ. Тогда Парижъ представлялся мнѣ чѣмъ-то страшнымъ по своей таинственности, но такимъ краскамъ и рельефамъ жизни, которые и въ книжкѣ какъ-то сладко и жутко было находить. И черезъ цѣлыхъ пятнадцать лѣтъ, у кассы барьернаго бала мнѣ представилась сцена, разрисованная юношескимъ воображеніемъ. Маскарадный балъ, вотъ такой же, куда мы собирались войдти, съ пьяными паяцами и пастушками, въ шерстянныхъ чулкахъ, разливается внизу потоками смраднаго веселья, а на галлереѣ за столикомъ, сидятъ, одинъ противъ другого, изящный аристократъ, безумно влюбленный въ свою жену, и камердинеръ — герой романа. Графъ каждую ночь топитъ свою душевную тоску въ разгулѣ. Онъ переряживается и ѣздитъ по самымъ грязнымъ баламъ, пьетъ съ извощиками и блузниками; представляется возлюбленнымъ самыхъ грубыхъ, развращенныхъ, циническихъ танцорокъ.

— Ну, батюшка, шепнулъ мнѣ естественникъ:— погрузимтесь въ мутныя струи жизни. Нашъ гвоздило (онъ такъ звалъ француза предсѣдателя) пустится навѣрно канканировать!

VI

Насъ охватилъ знойный и пыльный воздухъ бала. Пахло газомъ, всевозможными испареніями; сквозь дымчатую пленку видно было бѣснованіе танцующихъ паръ. Духовые инструменты съ турецкимъ барабаномъ, ускоряя темпъ послѣдней фигуры, такъ и били въ ухо. Все выдѣлывало самый антиполицейскій канканъ. Наша компанія, когда вошла, должна была остановиться у дверей: пробраться къ танцующимъ удалось только двумъ французамъ.

Въ антрактъ все смѣшалось, загудѣло, завизжало. Мы съ русскимъ испытывали особое чувство жуткости. Оно всегда нападаетъ на сторонняго человѣка, очутившагося въ толпѣ ряженыхъ французовъ.

— Будто весело? спросилъ мой естественникъ.
— Вѣдь здѣсь не по заказу пляшутъ, отвѣтилъ я.
— Подонки великой демократіи! сказалъ онъ и засмѣялся фистулой.

7

— Что же вы тутъ топчетесь? крикнулъ на насъ одинъ изъ французовъ.— Посмотрите какія есть рожицы... Вонъ та, глядите сюда, одѣта bébé...

Въ эту минуту заиграли опять ритурнель. Передъ нами стояли двѣ женщины: одна толстая, большого роста съ рябымъ краснымъ лицомъ, въ балетномъ костюмѣ пастушки. Другая совсѣмъ ребенокъ, тотъ самый bébé, на котораго указалъ намъ французъ.

— Да вѣдь ей двѣнадцать лѣтъ, шепнулъ мнѣ русскій.

Я пристальнѣе всмотрѣлся въ нее. Дѣвочка была прелестна: прозрачное личико, каштановые вьющіеся волосы, большіе темносѣрые глаза, руки, ноги — все это до нельзя миніатюрно, совершенно дѣтское, и взглядъ былъ дѣтскій, и ротъ улыбался блуждающей улыбкой ребенка, попавшаго въ игрушечную лавку.

— Который вамъ годъ? спросилъ я ее, подойдя къ этимъ двумъ подругамъ.

— Мнѣ? отозвалась маленькая:— или вотъ ей?

И она указала рукой на толстую пастушку.

— Вамъ, вамъ?

— Осьмнадцать.

— Не можетъ быть!

— Parole! отвѣтила она, сдвинувъ брови.

Мы разговорились, пастушка подтвердила также, что ея подругѣ Селинѣ дѣйствительно осьмнадцать лѣтъ. Подошли наши французы и баварецъ. Мы спросили дамъ, какой онѣ желаютъ "consommation". Онѣ потребовали два американскихъ грога. Французы сейчасъ же завели циническую болтовню. Пастушка Marie, откинувшись на спинку стула, вторила имъ. Голосъ у ней былъ хриплый, настоящій голосъ испивающей прачки. Селина говорила мало, но по ея глазамъ совсѣмъ не было замѣтно, чтобы весь этотъ балъ, съ его канканомъ и грязнымъ "блягированьемъ", приводилъ ее въ смущеніе. Во всей ея фигуркѣ, въ тонѣ, во взглядахъ, въ усмѣшкахъ, уже сидѣло что-то дѣланное, суховатое. Въ этомъ тѣлѣ ребенка чувствовалась уже не одна испорченность дѣвочки, заброшенной на парижскій бульваръ, но жосткое равнодушіе къ тому, что происходитъ въ ней самой и вокругъ нея.

— Ваша спеціальность? спросилъ французъ толстую Мари.

— Мы нашиваемъ пуговицы.

— И Селина тоже?

— Да. Мы вѣдь вмѣстѣ живемъ.

— А сколько въ день заработаете? полюбопытствовалъ и русскій.

— Франка три вдвоемъ.

Пастушка при всемъ своемъ чувственномъ жаргонѣ была проще и веселѣе, даже моложе этого прозрачнаго bébé, которому никто изъ насъ не хотѣлъ дать болѣе четырнадцати лѣтъ.

Меня просто за сердце защемило, глядя на эту дѣвочку. Только вся наша компанія была такъ настроена, что смѣшно было бы "сантиментальничать".

— Она вамъ нравится? шепнулъ мнѣ французъ и отвелъ меня въ сторону.

— Очень мила.

— Берегитесь!

— А что?

— Такія bébés очень опасны, можно наскочить на серьёзную непріятность.

— Въ какомъ же смыслѣ?

— Да очень просто. Она говоритъ, что ей осьмнадцать лѣтъ, а ей окажется пятнадцать. Загляните-ка въ кодексъ, это называется "détournement de mineures".

— И она можетъ этимъ промышлять?

— А почему же нѣтъ? Вотъ такая толстуха, какъ эта Мари, и подведетъ все. Явится подставной братъ или дядя, или даже настоящій отецъ, и вы не отвертитесь.

Французъ говорилъ тономъ бывалаго человѣка и знатока подобныхъ нравовъ. Въ немъ слышалось даже какое-то инстинктивное раздраженіе противъ этого ребенка.

— Благодарю васъ, сказалъ я ему:— постараюсь не попасться.

— То-то!

Балъ гремѣлъ. Наша компанія держалась все больше въ кучкѣ. Съ маленькой Селиной всѣ поочередно заговаривали, тормошили ее, даже щипали; но то, что сказалъ мнѣ о ней французъ, должно быть, подумали и другіе парижане. Толстая Мари умильно посматривала на иностранцевъ. Видно было, что она разсчитываетъ на ужинъ. Въ антрактахъ между танцами она подсаживалась все къ нашему столику, требовала себѣ одну "консомацію" за другой, хохотала, подпирала себѣ руки въ бокъ, вскидывала плечами, передразнивала русскія слова, подхваченныя въ нашемъ разговорѣ. Но она была слишкомъ дурна собой, красна и неумна. Къ концу бала во всѣхъ моихъ спутникахъ замѣтно было желаніе отдѣлаться отъ обѣихъ дамъ. Пробило четыре часа. Оркестръ сразу смолкъ. Гарсоны стали тушить газовую люстру. И пастушка, и бёбе стояли у дверей и оглядывали вереницу костюмированныхъ. Никто изъ всѣхъ этихъ "дикихъ", комическихъ жандармовъ, дебардеровъ и пьеро не подходилъ къ нимъ. Наша компанія была уже въ сѣняхъ и дожидалась своихъ пальто.

— Мнѣ ужасно хочется ѣсть, обратилась ко мнѣ Мари. — Вы не ѣдете съ нами?

Селина сначала улыбнулась, а потомъ поглядѣла на меня вкось, сухимъ и жесткимъ взглядомъ.

— J'ai un appétit boeuf! выговорила она, видимо передразнивая кого-то низкимъ мужскимъ голосомъ.

Мнѣ сдѣлалось опять ужасно жалко обѣихъ: и Селину, и Мари. Толстуха, конечно, не привирала. Селина произнесла свою фразу для "blague", но и она навѣрно проголодалась. Она такъ ёжилась, смотрѣла такъ злобно-утомленно и вмѣстѣ обиженно отъ равнодушія мущинъ. Мнѣ она показалась еще болѣе жалкой, чѣмъ ея вульгарная подруга.

— Поѣдемте, сказалъ я.

Около меня стоялъ нашъ баварскій нѣмецъ.

— Не хотите ли и вы? спросилъ я его. — Нельзя же ихъ такъ оставить.

Баварецъ повелъ губами, ухмыльнулся и кивнулъ своей

высочайшей шляпой. Онъ былъ добрѣе французовъ. Морозный воздухъ проникъ въ сѣни. Наши дамы дрожали, дожидаясь своей очереди около вестьера. Имъ выдали изъ окошечка два платка, красный и свѣтло-сѣрый. Даже маленькая Селина еле-еле прикрыла себя до колѣнъ, а ноги такъ и остались въ трико и цвѣтныхъ атласныхъ ботинкахъ. У Мари платокъ былъ нѣсколько побольше. Она имъ обвязалась вокругъ талiи, и засунула подъ него обѣ руки. Отъ нея шелъ паръ.

VII

Когда мы очутились на улицѣ, наша компанiя уже исчезла. Мы нашли четырех-мѣстный фiакръ. Дамы помѣстились въ глубинѣ, и подобрали подъ себя ноги. За то имъ стало весело. Мари такъ и разливалась; Селина отъ времени до времени выговаривала фразу, и каждый разъ не свою, а дѣланную изъ арго публичныхъ заловъ и бульваровъ.

— Остерегитесь! шепнулъ мнѣ по-нѣмецки баварецъ, подъ звонкiй и твердый гулъ кареты.

Я почувствовалъ, что онъ хочетъ дезертировать и оставить меня одного.

— Куда же мы? закричала Мари.

— Въ ресторанъ, откликнулся я.

— Теперь всѣ заперты, поторопился сообщить нѣмецъ.

— Холодно, раздался изъ темноты голосъ Селины.— Надо согрѣться.

Мари крикнула кучеру, высунувшись изъ окна, и велѣла ему остановиться у ночного кафе. Совсѣмъ измерзлыя вбѣжали онѣ въ биллiардную, гдѣ играли два блузника, потребовали себѣ грогу и жадно бросились на него. Но намъ предстоялъ еще долгiй путь. Подруги жили около Елисейскаго дворца въ маленькой улицѣ, примыкающей къ дому министерства внутреннихъ дѣлъ. Въ кафе нельзя было получить ничего

11

съѣстного. Начались поиски пирожной, такой пирожной, гдѣ обыкновенно имѣется по ночамъ и хлѣбъ, и холодные пироги съ мясомъ, и сыръ, и вино.

Мы заѣзжали въ два, три мѣста, стучались и все напрасно. Наконецъ, кучеръ выручилъ насъ изъ бѣды и подвезъ къ пирожной, откуда сквозь дверную щель видѣнъ былъ свѣтъ. Мари стала стучать кулаками и подняла такой крикъ, что баварецъ испугался и залѣзъ опять въ карету. Намъ отперли. Въ пирожной оказалось все, о чамъ только мечтали наши дамы: пироги съ мясомъ, галеты, всевозможныя печенья, апельсины. Мари набрала всего этого дня на два. Когда хозяинъ пирожной подалъ въ карету весь этотъ съѣстной запасъ, мой нѣмецъ окончательно испугался: онъ думалъ, что я заставлю его заплатить половину. На поворотѣ улицы онъ, не останавливая кареты, вдругъ распрощался съ нами, отворилъ дверцы и выскочилъ изъ кареты, пробормотавъ, что его квартира не подалеку.

VIII

Подруги жили въ седьмомъ этажѣ узкаго, довольно благообразнаго дома. Какъ всегда въ Парижѣ, щелкнула наружная дверь и отворилась сама собою. У Мари были приготовлены спички и стеариновый огарокъ. Мы поднимались гуськомъ по узкой винтовой лѣстницѣ съ деревянными, очень скользкими потертыми ступенями. У нихъ была своя квартира, и даже довольно большая, въ три комнаты; но первая стояла совершенно пустой и невыносимо холодной. Налѣво темнѣлась крохотная кухня. Прямо дверь вела въ ихъ жилую комнату съ каминомъ, почти такую же холодную, какъ и "салонъ". Видно было, что онѣ только-что устроились своимъ хозяйствомъ. На комодѣ, на маленькой этажеркѣ и на стульяхъ лежали картонные листы, съ нашитыми на нихъ пуговицами. Мари не лгала: я, дѣйствительно, попалъ къ работницамъ.

Изумительно быстро эта жилая комната наполнилась и тепломъ, и свѣтомъ, и вкуснымъ запахомъ холоднаго ужина. На середину выдвинули столъ, очистили его отъ своей работы, зажгли лампу и двѣ свѣчи, притащили дровъ и каменнаго угля. Каминъ запылалъ, весело потрескивая, на столѣ очутилась скатерть, пирожки, апельсины, круглый паштеть, бутылки вина — все это запрыгало въ глазахъ. Я почувствовалъ себя перенесеннымъ въ настоящую обстановку палерояльнаго водевиля или стараго поль-де-коковскаго романа. Мари измѣнила свой тонъ, сдѣлалась добродушнѣе и занимательнѣе. Она хлопотала и возилась такъ вкусно и наивно, не снимая своего пастушечьяго костюма... Селина у себя дома оживилась, перестала подбирать словечки, сдѣлалась еще красивѣе и минутами смотрѣла настоящимъ bèbè, съ прелестной блуждающей улыбкой. Держала она себя и дома барышней, сравнительно съ Мари.

Какъ ни накинулись обѣ подруги на съѣстное, у нихъ остался запасъ и на другой день. Мы ѣли, безпрестанно переходя отъ сладкихъ пирожковъ къ сыру, отъ сыра къ апельсинамъ и обратно. Мари болтала за всѣхъ троихъ, разсказала и свою собственную исторію, и то, какъ они познакомились съ Селиной, и то, что ея подруга испытала въ послѣдніе два года... Она еще разъ подтвердила мнѣ, что Селинѣ девятнадцатый годъ. У ней было уже цѣлыхъ два романа. Два раза ее бросали. Послѣ первой измѣны она хотѣла покончить съ собой. Послѣ второй — такъ объясняла Мари — она убѣдилась, что всѣ мужчины одинаковы (туть Мари весело, энергически выругалась), что глупо сокрушаться объ нихъ, а надо прежде всего "jouir de la vie".

— Она у меня теперь находится во вдовствѣ, указала Мари на Селину толстымъ и грязноватымъ пальцемъ, и тотчасъ же отправила въ ротъ огромный кусокъ паштета.

Мнѣ хотѣлось, чтобы о себѣ говорилъ этотъ "ребёночекъ". Въ немъ было что-то трагическое на особый ладъ. Такихъ восемнадцати-лѣтнихъ дѣвушекъ нельзя найдти нигдѣ, кромѣ парижской мостовой и парижскихъ мастерскихъ. Смѣшно теперь, когда я все это припоминаю, но тогда я почувствовалъ къ Селинѣ острое влеченіе, размягченное нѣжностью, внезапно охватившею меня. Еслибы не присутствіе Мари — оно дѣлало меня стыдливымъ — я бы схватилъ этого ребёнка, сжалъ бы его въ своихъ объятіяхъ и выплакалъ бы всю жгучую потребность отзыва на мое чувство, утолилъ бы жажду ласкъ и сердечнаго привѣта...

Она взглянула на меня и выговорила насмѣшливо:

— Que vous avez l'air chose!..

Это слово "chose", болѣзненно кольнуло меня.

— J'ai sommeil, продолжала Селина и безстрастно подмигнула мнѣ.

Ничего не было въ этихъ глазахъ, кромѣ усталости и приглашенія къ холодному формальному разврату.

— Селина, началъ было я: — неужели вы ужь такъ давно...

У меня не хватило словъ. Я чувствовалъ, что краснѣю.

— Что такое? досказала она за меня. — Вы все удивляетесь. "Я — старуха". Вотъ уже три года, какъ я знаю мужчинъ. Ils sont bien cochon...

Голосъ ея становился все утомленнѣе и хриплѣе. Она опустила голову, уперлась подбородкомъ о сложенныя руки и поглядывала на меня такъ, какъ бы желала сказать:

"Via un pignouf! И объ чемъ онъ со мною разсуждаетъ!"

— Des sentiments! кончила она: — la belle affaire!..

И она засмѣялась въ носъ, покачивая сонной головой вправо и влѣво.

Я чуть не со слезами глядѣлъ на нее.

IX

Лучше бы она ничего не говорила. Меня охватило невыразимое уныніе. Вся игривая обстановка этого ужина рухнула. Сдѣлалось гадко. Я не боялся того, чѣмъ пугалъ меня французъ на балѣ; но я не могъ уже ни ѣсть, ни пить, ни отвѣчать на разныя смѣшныя выходки толстухи. Ангельская рожица Селины почти ужасала меня. Я началъ прощаться.

— Идете? удивленно спросила Селина.

— Et nos étrennes! крикнула Мари.

Вернуться домой пришлось пѣшкомъ. Этотъ эпизодъ усилилъ мое чувство одиночества. Будь я гораздо моложе, меня не охватило бы такъ сознаніе бѣдности всей пережитой жизни личными радостями. Эта заурядная встрѣча съ парижской гризеткой, ея дѣтское личико, ея печальная испорченность точно нарочно сгруппировались какъ разъ въ ночь подъ новый годъ, когда я чувствовалъ такую назойливую потребность хоть въ капелькѣ лиризма. И вернись я къ двумъ подругамъ, я бы непремѣнно привязался къ Селинѣ. Вотъ это-то всего больше смутило меня. Мнѣ страшно сдѣлалось за свою "иллюзію". Значитъ, чувство слишкомъ долго лежало подъ спудомъ. И страшно, и обидно было. Я не хотѣлъ, чтобы Парижъ кинулъ мнѣ, безвѣстному иностранцу, подачку, въ видѣ первой попавшейся дѣвочки, изъ которой онъ уже выѣлъ все, кромѣ погони за кускомъ паштета и луидоровъ.

Русскій естественникъ встрѣтился со мной въ ресторанчикѣ, гдѣ мы завтракали и, посмѣиваясь, спросилъ меня:

— Ну, что же, батенька, не поймались?

Я сказалъ ему, что проводилъ "этихъ дамъ" до дому и покормилъ ихъ. Мнѣ не хотѣлось разсказывать ему про себя.

Прошло два, три дня. Я началъ свою обыкновенную парижскую жизнь: ходилъ на лекціи, читалъ въ кабинетахъ, гулялъ, работалъ дома. Меня не тянуло въ окрестности Елисейскаго дворца. Ночь на новый годъ, подробности бала, фигурка и личико Селины болѣе не приходили мнѣ на память. Но внутри меня шелъ какой-то тайный процессъ, въ родѣ того, когда зрѣетъ въ человѣкѣ острая болѣзнь. И вотъ въ четвертую или пятую ночь, я просыпаюсь подъ утро, охваченный небывалымъ душевнымъ настроеніемъ. И опять ночь на новый годъ представилась мнѣ во всѣхъ подробностяхъ. Она-то и дала толчокъ. Случайной, ужасно бѣдной, сухой и себялюбивой встала предо мною вся моя прошлая жизнь. Я впервые устыдился поисковъ личнаго счастія. Возможность увлечься первой попавшейся гризеткой показалась мнѣ чудовищной. Заграничное скитанье, этотъ Парижъ, со всѣми его приманками, заботы, впечатлѣнія, успѣхи туриста... получили въ моихъ глазахъ жалкую, мелко-суетную окраску... Я уже больше не хотѣлъ и не могъ лгать самому себѣ. Тамъ, у себя дома, я, по своей винѣ, былъ чужой. Я только все требовалъ, возмущался, жаловался, хныкалъ и ничему не хотѣлъ отдаться безъ оговорокъ, безъ выгораживанія своего умственнаго и матерьяльнаго комфорта.

А мнѣ уже стукнуло тридцать лѣтъ. Зачѣмъ я тутъ? Кому я нуженъ? Довольно мнѣ набираться ума-разума, маскируя свое постыдное диллетантство!..

Небывалое чувство жалости ко всѣмъ тѣмъ, мимо кого я проходилъ равнодушно у себя дома, какъ-то особенно потрясло меня. Я сидѣлъ въ кровати, вглядываясь въ темноту, охваченный цѣлымъ роемъ мыслей, образовъ, лицъ, отношеній... Каждый фактъ изъ моего прошедшаго говорилъ мнѣ совсѣмъ другое, или же трогалъ меня, вызывалъ во мнѣ потребность сочувствія, жертвы, подвига... Я такъ и не сомкнулъ глазъ. Цѣлая полоса жизни была зиново пережита въ какихъ-нибудь пять, шесть часовъ. Я призналъ себя кругомъ виноватымъ. Надо было какъ можно скорѣй наверстать зря потраченные годы, бросить этотъ Парижъ, перестать постыдно носиться съ самимъ собой, просить, какъ милостыни, черной работы у себя дома.

X

Я такъ и сдѣлалъ. Мои парижскіе пріятели изумились моему внезапному отъѣзду. Сметливый естественникъ какъ будто немного догадался о томъ, какой нашелъ на меня "стихъ". А предсѣдатель нашего общества наградилъ меня, на прощанье, цѣлымъ градомъ шутливо-ругательныхъ именъ. Я уѣхалъ въ холодъ, дорогой простудился и, по возвращеніи въ

Россію, проболѣлъ цѣлыхъ два мѣсяца. Но душевный фазисъ продолжался во мнѣ. Я кинулся въ исканіе черной работы. Гдѣ я не перебывалъ? Съ какими русскими людьми не жилъ? У меня не было никакой личной программы. Я нарочно отказывался отъ всего, что могло бы представлять собою карьеру, я гналъ всякое исканіе взаимности, свѣтлыхъ впечатлѣній, интересныхъ людей, увлекательныхъ женщинъ. И такъ прошло больше десяти лѣтъ. Для меня не было ни глупыхъ, ни умныхъ людей, ни добрыхъ, ни злыхъ, ни скучныхъ, ни веселыхъ — для меня лично. Я добивался одного только: понять, что имъ нужно, изъ-за чего они страдаютъ, какую поддержку можно дать имъ. Въ этомъ отсутствіи личной жизни была своя прелесть. Я втягивался, какъ въ игру. Другіе носились со своей требовательностью, негодовали, жаловались, обличали и себя, и общественные порядки, и безтолковость нашей жизни... Я только присматривался и шелъ туда, гдѣ могъ что-нибудь дѣлать для другихъ.

Но во всѣ эти попытки я не хотѣлъ влагать страстнаго чувства. Оно казалось мнѣ лишнимъ, неумѣстнымъ, притязательнымъ. Поэтому, на иной взглядъ, я тоже ничего порядочнаго не сдѣлалъ. Очень часто я подсмѣивался надъ самимъ собою, сравнивалъ себя съ часовымъ. Я, дѣйствительно, стоялъ на часахъ то здѣсь, то тамъ, готовый исполнить свой долгъ.

Очень скоро послѣ моего парижскаго кризиса я убѣдился въ томъ, что жертвы никто не проситъ. Можно только дежурить изо дня въ день, переходя отъ одного человѣка къ другому. Десятки и сотни русскихъ людей, кидавшихся съ головою въ свалку съ жизнью изъ-за одной какой-нибудь идеи, проходятъ теперь предо мною. Они или погибали, или дѣлались перебѣжчиками. Иначе и не могло быть. Въ этихъ было слишкомъ много личнаго чувства, они искали для себя чего-то всепоглощающаго, раздували въ себѣ фанатизмъ, опьяняли себя идеей. И около такихъ я дежурилъ — по просту, не уходилъ отъ нихъ, не старался разубѣждать, а былъ тутъ, на часахъ...

17

Да, въ такой жизни много завлекательнаго! И время плыло ужасно скоро. Теперь мнѣ идетъ уже пятый десятокъ. Я холостякъ. Около меня нѣтъ никакого существа, къ которому я имѣлъ бы право предъявлять какія бы то ни было претензіи. И это очень хорошо. Ни карьеры позади, ни плановъ въ будущемъ, ни раздраженія на то, что идетъ вокругъ меня. Развѣ такъ не лучше? До тридцати лѣтъ я порывался, искалъ чего-то, жаждалъ привязанности; какъ и другіе: требовалъ, жаловался, а главное, носился съ своимъ я. А послѣ моего кризиса отсчиталъ цѣлыхъ четырнадцать лѣтъ безъ всякой личной жизни. Это меня застраховало. Я такъ думаю, по крайней мѣрѣ.

Забавно мнѣ бываетъ прислушиваться къ толкамъ умныхъ и честныхъ русскихъ людей. Они живутъ среди какихъ-то миражей. Всѣ ихъ надежды, жалобы, обличенія, вся ихъ гражданская скорбь, кажутся мнѣ однимъ огромнымъ недоразумѣніемъ. Въ своихъ разсчетахъ на лучшія времена, они опять-таки носятся съ самими собой. Помочь имъ нельзя. Они разсердятся, если вы будете имъ это доказывать. Пускай перегораютъ въ безысходной тревогѣ...

Быть можетъ, то, что я здѣсь говорю, сочтутъ за бездушный скептицизмъ скучающаго холостяка. Но право это не такъ, для меня личная жизнь покончена, я говорю это спокойно, безъ всякой горечи.

Много ли такихъ какъ я — не знаю. Но и я прямой сынъ своего времени. Иногда тамъ, на самомъ днѣ того, что зовется "душой", какъ будто вспыхиваетъ какой-то огонекъ... Въ эти минуты и слеза навернется, и защемитъ жалость къ самому себѣ... Но я не даю себѣ поблажки. Лиризмъ похороненъ и придавленъ тяжелой глыбой.

XI

Все это я записалъ теперь на свободѣ. Все это было. Сижу я у окна, и слушаю гамъ и визгъ ребятишекъ. Іюньскій полдень пріятно паритъ. Въ воздухѣ откуда-то проносится струйка свѣжести. Передъ моими глазами все зелено. Лугъ только что скосили. Его четыреугольникъ окаймляетъ живая изгородь. За шоссейной дорогой идутъ деревянные домики, налѣво попросторнѣе, съ мезониномъ, домъ священника; направо, съ большой террассой, укутанной вьющимися растеніями, больница.

Я здѣсь уже прижился. Мнѣ нравится это подгородное мѣсто. Нѣтъ тутъ ни отвратительной пыли Сокольниковъ, ни самоварнаго дыму, ни развращенныхъ арфистокъ. Живемъ бокъ о бокъ съ молодежью. Я немножко, въ послѣднее время, отсталъ отъ нея; а эту зиму пришлось проболѣть и заниматься скучнѣйшей работой. Мнѣ еще не приводилось жить въ такомъ мѣстѣ, какъ это... Тутъ все держится за молодой трудъ. Куда ни посмотришь: деревья, кусты, лужайки, дома, сараи — все это существуетъ для одной цѣли, чтобъ молодежи удобнѣе было учиться.

Это меня наполняетъ особеннымъ, тоже очень молодымъ чувствомъ. Давно уже я не испытывалъ такого внутренняго спокойствія; даже съ тѣхъ поръ, какъ пересталъ гоняться за личнымъ счастіемъ. На меня не дѣйствуетъ обстановка той комнаты, гдѣ я живу. Въ ней оставилъ слѣды своей "образованности" мой хозяинъ, господинъ Зябликовъ. Онъ служитъ "по письменной части", играетъ на гитарѣ и можетъ говорить на всякія темы. Я занимаю его чистую комнату. Онъ ее украсилъ литографіями и фотографическими карточками, коробочками и фарфоровыми куколками. Но потолокъ низкій, обои закоптѣли и въ грязныхъ пятнахъ. До сихъ поръ ничѣмъ нельзя вывести особаго запаха папиросъ, пыли и скипидара. Каждая вещь отзывается господиномъ Зябликовымъ. Но это на меня не дѣйствуетъ. Я сижу дома только въ самый жаръ, да и то не каждый день.

И къ ужасному гвалту ребятишекъ я также привыкъ. Тутъ, подъ бокомъ, длинный одноэтажный домъ съ квартирами сторожей. Дѣтей у нихъ великое множество. Школы нѣтъ, и вся эта мелюзга вываливаетъ на улицу, играетъ, дерется, реветъ...

19

Особенно годовалые ребята... Съ ними высылаютъ дѣвченокъ. Тѣ не умѣютъ съ ними обращаться и ревъ идетъ какой-то несмолкаемой волной. Но я не хочу отсюда съѣзжать. Здѣсь я въ двухъ шагахъ отъ парка, гдѣ я провожу цѣлые дни.

Съ молодежью я только сталкиваюсь на прогулкахъ. Кое съ кѣмъ говорю. Но я знаю уже весь порядокъ ихъ жизни. Переѣхалъ я изъ города въ концѣ экзаменовъ. Съ ранняго утра я видѣлъ въ паркѣ, и группами, и въ одиночку, студентовъ, усиленно читающихъ литографированные листы. Такъ идетъ до обѣденнаго часа. Отъ двухъ до начала четвертаго, всѣ сидятъ по кухмистерскимъ, потомъ опять появляются въ паркѣ, по больше готовятся по квартирамъ. Послѣ вечерняго чая, особенно въ день экзаменовъ, передъ началомъ новыхъ занятій, все высыпетъ въ паркъ. Тихо гуляютъ или слышны здѣсь и тамъ оживленные разговоры, все больше объ экзаменахъ... Катаніе по озеру, пѣніе хоромъ... вотъ и весь день.

Я не ожидалъ такихъ смирныхъ нравовъ. Они меня даже поразили. Да и внѣшній видъ всей этой молодежи совсѣмъ не такой, какъ я наслышался. Я еще не встрѣчалъ ни одного умышленно растрепаннаго юноши. Попадались большіе сапоги, малороссійскія рубашки, блузы; но и только. Мнѣ даже смѣшно сдѣлалось, когда я припомнилъ разсказы объ "ужасахъ", слышанныхъ мною въ городѣ.

Да, это другая генерація. Глядишь на нее со стороны и чувствуешь, что тутъ есть что-то иное... Прежде всего серьёзность. Ужь не знаю, напускное это или нѣтъ, но тутъ больше самообладанія и выдержки. Мы ужасно порывисто искали, горѣли и скоро перегорали. Эти живутъ, кажется, съ запасцемъ. А лица, выраженіе, бороды, бакенбарды — такіе, что иного не отличить отъ приватъ доцента.

XII

Вышелъ на шоссе. Садовники подстригаютъ изгородь. Изъ-за угла слышится крикъ разнощика: "студень говяжій!" Подбѣжали ко мнѣ два моихъ пріятеля, хорошія дворняги изъ больницы. Съ ними я свелъ дружбу въ первые же дни. У меня нѣтъ своей собаки; пробовалъ заводить, да все неудачно. Но безъ собакъ мнѣ скучно. Въ нихъ есть что-то для человѣка, прожившаго свой вѣкъ такъ, какъ я — особенно привлекательное. Они все понимаютъ, или, лучше сказать, понимаютъ они то, что вамъ пріятно.

Вотъ, напримѣръ, одинъ изъ этихъ пріятелей. Давно ли онъ меня знаетъ, а у него ужь есть со мною особый языкъ. Встрѣча радуетъ его. И морда, и щетинистая шея, и хвостъ говорятъ мнѣ каждый разъ хорошія вещи. Право, я не укажу на десятокъ людей, съ которыми бы я такъ спѣлся.

Въ паркъ моихъ пріятелей не впустили. Я обыкновенно иду мимо лѣсного музея и домика, гдѣ помѣщается почтовое отдѣленіе. Направо остается теплица, куда я захаживаю посмотрѣть на орхидеи. Въ первой же аллеѣ я всегда сдѣлаю маленькій привалъ. Тутъ хорошо читается. Широкое полотно аллей спускается къ озеру, а вдали видна площадка, гдѣ аллея раздвоивается. Тамъ нѣсколько сосенъ, поднимающихся надъ густымъ кустарникомъ, выступаютъ особенно отчетливо на синемъ фонѣ неба. Прочитана глава, поворачиваешь налѣво въ узковатые липовые проходы, гдѣ деревья изогнуты, точно своды въ мавританскомъ вкусѣ. Я люблю эти поперечныя узковатыя аллеи. Онѣ немного въ забросѣ. Ихъ не посыпаютъ пескомъ и метутъ спустя рукава. Рѣдко-рѣдко попадется вамъ студентъ, уткнувшійся въ записки; но въ ранній обѣденный часъ никого не видно.

Проходя мимо дорожки, ведущей къ круглому павильону изъ некрашеннаго свѣжаго дерева, я взглянулъ туда. По утрамъ я захаживаю въ этотъ павильонъ, когда мнѣ придетъ на умъ записать что-нибудь въ книжку. На главную аллею спустились тѣни отъ вѣковыхъ развѣсистыхъ липъ, готовящихся цвѣсти. на

21

ней наклонъ къ озеру ощутительнѣй. Сверху внизъ глазъ уходитъ подъ зеленый сводъ, прерываемый туда, дальше, полосами солнечнаго свѣта въ тѣхъ мѣстахъ, гдѣ порѣдѣли деревья. Большая круглая площадка съ дерномъ ласкаетъ глазъ на полпути. Она кажется гораздо отдаленнѣе и больше. По срединѣ ея виднѣется мраморная группа, покрытая черной пылью. Группа состоитъ изъ четырехъ дѣтскихъ фигуръ: онѣ олицетворяютъ четыре времени года. Издали это бѣловатое пятно принимаетъ игривыя очертанія. Отъ мрамора вся лужайка дѣлается какъ бы прохладнѣй. Тамъ, еще дальше, видѣнъ край древеснаго свода, вода, а за водой, на противоположномъ берегу, лужокъ и группы деревьевъ съ углубленіемъ, уходящимъ въ лѣсъ.

Не знаю, когда пріѣстся мнѣ этотъ паркъ. Теперь я все еще продолжаю любоваться имъ, нахожу въ немъ новые уголки, не торопясь, изучаю его.

На этотъ разъ я началъ обходить его кругомъ. Мнѣ хотѣлось пройти берегомъ одного изъ рукавовъ озера. Надо было сдѣлать большой крюкъ. Рукавъ идетъ между островомъ и настоящимъ берегомъ. Въ яркіе солнечные дни, съ четвертаго часа, чудесно лежать тутъ гдѣ-нибудь около тростника, подъ кустомъ черемухи или орѣшника. Тутъ же любимое мѣсто рыболововъ. Я уже запримѣтилъ двухъ-трехъ постоянныхъ охотниковъ, просиживающихъ цѣлые часы съ удочкой: молодого дьякона, кажется, изъ дачниковъ, одного актера, съ бритымъ пухлымъ лицомъ, въ соломенной шляпѣ, одного старичка-мѣщанина, ужасно страстнаго рыболова; похаживалъ и жандармскій унтеръ-офицеръ; наѣзжалъ въ своей лодкѣ и еще любитель, по всѣмъ признакамъ изъ педагоговъ, пожилой уже человѣкъ, въ парусинномъ балахонѣ. Онъ оставался по цѣлымъ днямъ и, разставивъ удочки, засыпалъ въ глубинѣ лодки.

XIII

— Что, батюшка, клюетъ? спросилъ я у дьякона.

Рыболовы не любятъ такихъ вопросовъ, но какъ-то всегда инстинктивно спросишь. Дьяконъ, однако, улыбнулся и, откинувъ лѣвою рукой волосы за ухо, указалъ движеніемъ головы на маленькое ведерко.

— Двухъ карасиковъ вытянулъ.

Ни мѣщанина, ни жандармскаго унтеръ-офицера, ни стараго господина въ лодкѣ въ этотъ день я не нашелъ, чѣмъ и остался доволенъ: старый педагогъ занималъ всегда своей лодкой самый лучшій уголокъ, гдѣ было всего больше прохлады и тѣни.

Выбралъ я прелестное мѣстечко, съ густой травой, усѣянной маргаритками. Пахло листомъ орѣшника и черемухой, кое-гдѣ виднѣлся запоздалый ландышъ, вода чуть слышно прибивала къ густой полосѣ цыкуты. Я разлегся во всю длину, книгу отложилъ въ сторону, закинулъ руки подъ голову и глядѣлъ вдоль рукава, съ загибомъ влѣво, откуда видѣнъ цѣлый лѣсъ осоки и тростника. Съ обѣихъ сторонъ кусты, свѣшиваясь надъ водой, то съуживаваютъ, то расширяютъ этотъ корридоръ, снизу голубоватый и зыбкій, а сверху — весь въ переливахъ чуть замѣтно-трепетной зелени.

Кажется, я немножко задремалъ. Мнѣ послышалось, когда я раскрылъ глаза, легкій шумъ веселъ позади. Я повернулся и легъ на бокъ. Сквозь сучья и листву черемухи мнѣ виднѣлось въ нѣсколькихъ саженяхъ яркое цвѣтное пятно. Это былъ женскій бюстъ; потомъ мелькнула соломенная шляпа мужчины, два-три слова долетѣли со струей воздуха. Лодка подплывала. Мнѣ можно было уже въ подробности разглядѣть катающихся. А имъ меня не было видно. Солнце прямо ударяло на средину русла и разомъ обволокло яркамъ свѣтомъ всю лодку. У руля сидѣла женщина въ нѣжно-голубомъ платьѣ съ вырѣзомъ на груди и короткими рукавами. Она откинула шелковый зонтикъ, цвѣта суроваго полотна, и голова ея уходила вся въ мягкую тѣнь. Это была яркая блондинка. Я не успѣлъ еще разглядѣть всѣхъ черть лица, замѣтилъ только большіе темные глаза и прекрасную линію рта. На мягко спускающіяся плечи накинутъ былъ фуляровый, продолговатый, бѣлый платокъ съ цвѣтными полосами, Голову держала она нѣсколько на бокъ и тихо улыбалась.

Лицомъ къ ней сидѣлъ широкоплечій, очень молодой брюнетъ, съ бородкой, загорѣлый, съ прекрасными зубами, красивымъ и чувственнымъ носомъ. Его сѣрые глаза такъ и блестѣли; соломенная шляпа была надѣта на затылокъ и открывала широкій и крутой лобъ, на которомъ линія загара легла очень рѣзко. Дѣйствуя веслами, онъ приподнимался на скамьѣ и круто выпячивалъ грудь. Его сѣрый сюртучекъ, франтоватаго покроя, на груди былъ разстегнутъ. Я замѣтилъ, что его цвѣтная рубашка переходила въ широкій кожаный поясъ, за которымъ заткнуты были часы. Темный легкій галстукъ развѣвался вокругъ полной, неуспѣвшей еще загорѣть шеи. Я успѣлъ замѣтить, что кавалеръ былъ моложе дамы.

— Куда? крикнулъ онъ:— гдѣ вчера причаливали?

Она отвѣтила что-то, но такъ тихо, что я не могъ разобрать. Молодой человѣкъ весело кивнулъ головой, приподнялъ весла, одно изъ нихъ закинулъ въ лодку, наскоро закурилъ папиросу и началъ опять грести уже медленнѣе, упершись въ валикъ на днѣ лодки своими стройными и мускулистыми ногами, въ бѣлыхъ панталонахъ.

Лодка тихо удалялась, мнѣ видно было изъ-за фигуры женщины одну соломенную шляпу ея спутника. Я залюбовался этой парой.

"Брюнетъ, должно быть, студентъ", подумалъ я. Въ немъ было что-то непринужденное, веселое и бойкое, что не напоминало ни чиновника, ни какого-нибудь конториста, вообще городского дачника. Но этотъ студентъ былъ совсѣмъ новый. Мнѣ какъ-то особенно пріятно сдѣлалось, глядя на его живописную наружность, на этотъ блескъ глазъ, бѣлые, какъ снѣгъ, зубы, даже на умышленную оригинальность костюма. Такой "кавалеръ", небось, умѣетъ жить! Можетъ быть, успѣваетъ и прекрасно готовиться къ экзаменамъ. Онъ какъ нельзя больше подходилъ къ этому блистающему іюньскому дню, ко всему мягкому и милому ландшафту... Его даму я сразу не опредѣлилъ. Она показалась мнѣ очень красивой; но еще болѣе роскошной, чѣмъ красивой. Волосы, шея, пушистыя рѣсницы и малиновыя губы пронеслись предо мною вмѣстѣ съ рукавами голубого платья и молочной бѣлизны локтями. Врядъ ли это могла быть "просто барыня" или богатая купчиха, вообще замужняя женщина изъ средняго общества. Дѣвушкой она не смотрѣла. Въ ея туалетѣ, въ утренней полунебрежной прическѣ, въ томъ, какъ она сидѣла и улыбалась, что-то говорило про тѣхъ женщинъ, которыя пріобрѣли привычку быть всегда замкнутыми, дѣйствовать на чувства, заботиться о своемъ тѣлѣ, привлекать мужчинъ тщательнымъ уходомъ за собою.

Я взялъ книгу. Тутъ могъ я пролежать нѣсколько часовъ. До заката солнца врядъ ли появиться еще кто-нибудь въ лодкѣ. Но чтеніе мое было прервано небольше, какъ минутъ черезъ десять. Я опять заслышалъ тотъ же размѣренный ударъ веселъ. Это были они — на возвратномъ пути. Брюнетъ чуть-чуть дѣйствовалъ веслами. Фигура его заслоняла собою блондинку. Лодка направлялась къ моему берегу. Видно, они примѣтили мой уголокъ и захотѣли отдохнуть въ тѣни. Я продолжалъ лежать. Они мнѣ не мѣшали, и я имъ не мѣшалъ.

— Забирайте покруче, сказалъ брюнетъ, работая уже однимъ весломъ.— Мы причалимъ какъ разъ вонъ въ тотъ мысикъ!..

Этотъ мысикъ приходился у моего изголовья, но за густой травой меня не могло быть видно.

Голосъ у молодого человѣка звучалъ пріятными теноровыми нотами, но уже не юноши, а мужчины за двадцать лѣтъ.

— Какъ хорошо! откликнулась блондинка.

У ней былъ низковатый, нѣсколько вздрагивающій голосъ. Такіе бываютъ у пѣвицъ и актрисъ. По произношенію можно было принять ее за женщину хорошаго тона.

— Только бы половчѣе врѣзаться, весело крикнулъ гребецъ, и однимъ ударомъ весла заставилъ лодку войти въ углубленіе.

25

XIV

Они сидѣли теперь въ двухъ шагахъ отъ меня, даже ближе; мнѣ приходилось присутствовать невидимо при ихъ разговорѣ. Тѣмъ хуже для нихъ! А, можетъ быть, и тѣмъ лучше: по крайней мѣрѣ, во мнѣ они нашли бы самаго неопаснаго свидѣтеля. Я разлегся поудобнѣе, чтобы не дѣлать лишнихъ движеній и понапрасну не смущать ихъ. Я думалъ сначала, что они отдохнутъ здѣсь минуту-другую и поѣдутъ себѣ дальше.

— Прикажете начинать? спросилъ гребецъ.

— Пожалуйста.

Мнѣ послышалось легкое шуршаніе платья. Вѣроятно дама прилегла въ глубину лодки.

"Въ тотъ часъ, когда изъ-за вѣтвей"

раздалось чтеніе.

Почему-то я сейчасъ вспомнилъ, что это переводъ "Паризины" Байрона. Молодой человѣкъ читалъ посредственно, немного торопливо, но горячо. Удавались ему хорошіе звуки. Я чувствовалъ, какъ въ эти минуты онъ долженъ взглядывать на свою спутницу. Врядъ ли онъ и старался тонко выражать то, что стояло въ стихахъ. Въ его интонаціяхъ слышалась другая музыка...

— Вы устали? спросила его блондинка.

— Что вы! развѣ у меня такія легкія? Переводъ-то не очень талантливъ... Вы Байрона любите?

— Я его совсѣмъ не знаю, отвѣтила она очень просто.

— Ничего не читали?

— Нѣтъ. Да и вообще стихи не для меня писаны.

— Вы въ этомъ такъ смѣло сознаетесь?

— А то что же?

— Да, это ничего. Вамъ такъ и слѣдуетъ, потому вы — натура.

Онъ звонко разсмѣялся. Она ему не вторила.

— Натура? повторила она, протянувъ это слово насмѣшливымъ звукомъ.

— Еще бы! Разумѣется натура, да еще какая: вы сами этого не подозрѣваете.

— Смѣшно мнѣ это слышать: малый стараго поучаетъ.

— Вотъ вы опять о годахъ, прервалъ онъ ее. — Ужь, кажется, былъ между нами уговоръ.

— Я васъ чуть не на десять лѣтъ старше.

— Ну, врядъ ли. Я своихъ годовъ считать не хочу, а вамъ — неопасно.

"Вонъ какъ, подумалъ я: — разыгрывается сцена любезностей въ шекспировскомъ вкусѣ".

— А я, собственно, продолжалъ онъ: — взялъ эту поэму... Захотѣлось чего-нибудь, знаете, не теперяшняго. Можно бы вотъ Альфреда Мюссе еще, да переводы тоже не первый сортъ, а по французски я стиховъ читать не рѣшаюсь.

— Да что же вамъ дались все "стихи"?

Она это спросила съ легкой зѣвотой.

— Такая полоса нашла, Евгенія Дмитріевна, такая полоса...

Я лежалъ съ закрытыми глазами. Молодые голоса, тихій прибой воды, чуть слышное жужжаніе насѣкомыхъ, свѣжесть, пронесшаяся откуда-то сбоку, охватили меня и начали убаюкивать. Мнѣ показалось, что надо мною стоитъ не яркій іюньскій день, а темная, густая, полная звѣздъ, "майская ночь"...

Мнѣ вспомнились слова студента объ Альфредѣ Мюссе и такъ захотѣлось вдругъ, чтобы кто-нибудь наполнилъ этотъ воздухъ, содрогающійся отъ легкихъ испареній, звуками страстной и горькой поэзіи. Еслибъ этотъ влюбленный только не боялся своего французскаго акцента!.. Такъ ярко всталъ передо мною образъ прекрасной женщины, которая призывала поэта въ свои вдохновляющія объятія.

"Ecoute! Tout se fait; songe à la bien-aimée
"Ce soir, sous les tilleuls, à la sombre ramée
"Le rayon du couchant laisse un adieu plus doux.
"Ce soir tout va fleurir; l'immortelle nature
"Se remplit de parfums, d'amour et de murmure
"Comme le lit joyeux de deux jeunes époux.

27

Кто бы не откликнулся на этотъ зовъ? И даже изломанная душа "сына своего вѣка" не выдержала, стряхнула съ себя бремя своихъ себялюбивыхъ страданій...

И точно какой-то живой голосъ проговорилъ надо мной такъ пламенно и сладко:

"O paresseux enfant, regarde, je suis belle,
"Notre premier baiser, ne t'en souviens-tu pas,
"Quand je te vis si pâle au toucher de mon aile,
"Et que les yeux en pleurs, tu tombas dans mes bras.
"Ah! je t'ai consolé d'une amère souffrance!
"Hélas! bien jeune encor, tu te mourais d'amour.
"Console moi ce soir, je me meurs d'espérance;
"J'ai besoin de prier pour vivre jusqu'au jour.

Видѣніе было мгновенное. Я раскрылъ глаза. Отрадно мнѣ было чувствовать близость молодой пары. Точно будто я самъ помолодѣлъ лѣтъ на пятнадцать, а то и больше! Сиди я въ эту минуту въ лодкѣ, я бы заставилъ равнодушную къ поэзіи блондинку понять и почувствовать, что такое жизнь, рвущаяся изъ всѣхъ поръ природы, и человѣкъ, который въ самыхъ своихъ страданіяхъ, въ своемъ собственномъ разбитомъ сердцѣ находить новый источникъ любви и радости.

Чтеніе прекратилось.

— Ау! крикнулъ брюнетъ.

— Что вы? точно проснулась его спутница.

— Ха, ха, ха! да вы заснули, Евгенія Дмитріевна?

— Полноте...

— Да ужь не извольте оправдываться. Что-жь, это для чтеца не очень обидно. У старыхъ господъ бывали же сказочники. Я еще такихъ въ деревняхъ знавалъ. Какъ заведетъ: въ нѣкоторомъ царствѣ, въ подсолнечномъ государствѣ — ну, сейчасъ и захрапишь.

— Что это вы будто я храпѣла?

— Глазки сомкнули и зонтикъ чуть не свалился въ воду.

— Вѣдь я вамъ говорила, что для меня стихи не писаны.

Еще когда я читаю сама, такъ могу себя настроить немного... Что-то такое вижу... А когда слушаю, больше десяти минутъ не могу слѣдить. Ужь вы не обижайтесь, пожалуйста.

Исчезло видѣніе "майской ночи". Скрылся и обликъ поэта. На меня пахнуло русской "дачей". Не знаю, долго ли пролежалъ бы я такъ, воздерживаясь отъ всякихъ движеній. Но вдругъ меня что-то укусило около щиколодки. Должно быть, муравей, изъ очень злобныхъ. Я не могъ не двинуть ногой; зашуршали сухія вѣтки. Моя засада была открыта.

XV

— Чужой! кинулъ шепотомъ брюнетъ и приподнялся.

— Что тамъ? даже нѣсколько пугливо спросила блондинка.

— Можетъ, звѣрь какой.

— А вы боитесь? поддразнила она.— Прыгните на берегъ!

Онъ собрался прыгать; но я успѣлъ встать и отряхнуться, раздвинулъ вѣтви, низко нагнувшись, и показался у лодки. Во мнѣ, кажется, нѣтъ ничего страшнаго, но дама слегка вскрикнула и тотчасъ же улыбнулась.

— Извините меня, началъ я, раскланиваясь съ ними.

— Въ чемъ-съ? спросилъ молодой человѣкъ, показывая большіе бѣлые зубы.— Ужь коли извиняться, такъ скорѣй намъ. Мы васъ, должно быть, разбудили.

Блондинка поглядѣла на меня, какъ бы желая повторить тотъ же вопросъ.

— Я не спалъ; но вотъ что дурно, подслушивалъ васъ... Ужь очень мнѣ хотѣлось тутъ полежать...

Тонъ моей фразы подѣйствовалъ на нихъ. А можетъ быть и любопытство взяло: откуда молъ явилась такая физіономія?

— Тамъ хорошо? спросила блондинка, указывая рукой на мою засаду.

— Прекрасно.

— Ой-ли? окликнулъ ея спутникъ.— А здѣсь начинаетъ солнце донимать. Къ вамъ можно?

— Какъ же это мы не званые... начала она.

Я сталъ усиленно приглашать. Каюсь, особый видъ эгоизма заговорилъ во мнѣ. Мнѣ хотѣлось побыть еще въ воздухѣ молодости, около этихъ двухъ красивыхъ человѣческихъ типовъ. Я не любопытствовалъ узнавать, кто они, но чувствовалъ, что она ему нравится... Чего же больше?

Когда женщина эта приподнялась и спутникъ ея сталъ ее поддерживать правой рукой, она оказалась большого роста, держала голову все такъ же нѣсколько въ бокъ, руки у ней были вблизи удивительной красоты, особенно пальцы и очертанія локтей. Ей можно было дать на первый взглядъ не болѣе двадцати пяти лѣтъ, но шея, грудь и весь станъ говорили, что ей уже подъ тридцать. Она поглядѣла на меня сначала съ любопытствомъ, и тотчасъ же этотъ взглядъ перешелъ во что-то такое равнодушное и вмѣстѣ холодно-благосклонное, что должно было особенно волновать ея кавалера. Это не былъ взглядъ свѣтской женщины, присмотрѣвшейся ко всякимъ мущинамъ, а скорѣе взглядъ, говорящій о какомъ-то другомъ настроеніи... Когда она закидывала ногу черезъ бортъ лодки, то приподняла край платья безъ всякаго признака стѣсненія, но и безъ умышленнаго кокетства. А пощеголять было чѣмъ. Нога выказывала такую же породу, какъ и руки. И туфли съ кривыми каблуками и шелковые чулки съ шитьемъ на подъемѣ говорили объ изящныхъ привычкахъ этой женщины.

Я еще просторнѣе раздвинулъ вѣтви. Они оба прыгнули разомъ. Густая тѣнь охватила ихъ вмѣстѣ съ запахомъ черемухи.

— Батюшки, какъ славно! вскричалъ брюнетъ:— хорошъ я! третій годъ копчу здѣсь, а не зналъ этого уголка.

Она озарилась и, слегка расширяя ноздри, вдыхала въ себя воздухъ. По всему ея платью, по платку, по шеѣ, по золотистымъ волосамъ разсыпаны были искристыя точки солнечныхъ лучей, проникавшихъ сквозь листву. Оба мои гостя сѣли рядомъ на траву. Я опять залюбовался ими.

— Вотъ здѣсь бы заснуть-то, Евгенья Дмитріевна, сказалъ онъ.

— Полно вамъ дразнить меня.

— Угодно съѣзжу за подушкой? Я мигомъ.

Будь я помоложе, я бы могъ обидѣться; онъ спокойно оставлялъ со мною такую спутницу.

— Какія глупости! нѣсколько живѣе отозвалась она. — Что это вамъ не сидится, Сергѣй Петровичъ. Ртуть какая-то у васъ въ жилахъ.

— Ртуть-съ? Покорно благодарю. Ха, ха, ха! Избавьте отъ такихъ минеральныхъ ингредіентовъ.

— Это еще что за слово? спросила она и удивленно посмотрѣла.

— Ну, виноватъ, виноватъ. Не ртуть, а просто кровь!

Онъ скинулъ шляпу и началъ озираться, быстро повертывая голову. Глаза у него были очень умные, съ искрой. Но взглядъ не глубокій, безъ той теплоты, которая смягчала бы блескъ. Онъ увидалъ на травѣ мою книгу. Это былъ какъ разъ томъ Альфреда Мюссе.

— Вы позволите? спросилъ онъ, берясь за книгу. — Скажите пожалуйста... Мюссе!.. А я вотъ только что сейчасъ говорилъ про него Евгеніи Дмитріевнѣ.

— Каюсь, прервалъ я: — мнѣ вашъ разговоръ былъ слышенъ.

— Разъ покаялись и довольно. Мюссе! Вотъ это настоящее дѣло! продолжалъ онъ и началъ быстро перелистывать книгу. — У насъ вотъ теперь немножко начали почитывать поэтовъ... Пожалуй, и продекламируютъ что-нибудь, знаете, въ родѣ "Противъ теченія", а вотъ такую поэзію — еще не понимаютъ какъ слѣдуетъ сердечныхъ-то нотъ... Вотъ она... страница...

И, не боясь уже за свой французскій выговоръ, онъ однимъ духомъ проговорилъ:

"Vous saurez tout et je vais vous conter
Le mal que peut faire une femme".

Выговоръ у него показался мнѣ не плохимъ; но чувствовалось, что онъ часто читалъ это мѣсто. Глаза его

31

разгорѣлись, онъ пробѣжалъ слѣдующія три страницы и опять вслухъ прочелъ, точно про себя, очень молодо и оригинально по звукамъ:

"Si tu veux être aimé respecte ton amour,
Si l'effort est trop grand pour la faiblesse humaine
De pardonner les maux qui nous viennent d'autrui,
Epargne toi du moins le tourment de la haine;
A défaut du pardon, laisse venir l'oubli".

— Не понимаю, сказала блондинка.

— Какъ не понимаете?

Онъ откинулся на траву и потомъ обхватилъ руками свои колѣна.

— Вы очень уже скоро читаете.

— Ну, я помедленнѣе прочту.

Онъ повторилъ тѣ же стихи, взглядывая на нее сбоку. Не трудно было догадаться, что не въ первый разъ они такъ переговариваются.

— Не хотите понять! вырвалось у него болѣе рѣзкой нотой. Со мной они не стѣснялись.

Вышла маленькая пауза.

— Вы здѣсь на дачѣ? спросила меня блондинка.

— Надо бы отрекомендоваться, замѣтилъ брюнетъ съ прежнею веселостью.

Я назвалъ свою фамилію.

— Вы слышали какъ меня зовутъ? обратилась она ко мнѣ. — Своей фамиліи я не люблю.

— Студентъ Чулковъ, назвался брюнетъ.

Я бы охотно уступилъ имъ мое любимое мѣсто, но удалиться было неловко. Не хотѣлось мнѣ также разспрашивать студента про его учебныя дѣла, про академическіе порядки, экзамены, практическія работы, именно тутъ, въ присутствіи этой женщины.

— Вы не у Зябликова ли стоите? освѣдомился онъ.

— У Зябликова.

— Не правда ли, отмѣнный экземпляръ? Въ кегли играете?

— Когда-то игрывалъ.

— Милости просимъ къ намъ. Съ нѣмцами сразиться. Здѣсь у насъ цѣлая компанія нѣмцевъ есть. Тѣ на этомъ стоятъ.

— Да вѣдь и вамъ, выговорила блондинка:— можно хоть цѣлый день шары катать.

— Ахъ, Евгенія Дмитріевна, какъ вы жестоко изволите разсуждать. Я вотъ только съ недѣлю какъ въ себя входить сталъ. Послѣдніе два экзамена, обратился онъ въ мою сторону:— прошли въ состояніи невмѣняемости. Ей-Богу. Такъ въ мозгу какая-то кашица. Боялся, что схвачу душевную болѣзнь. Знаете, вотъ когда человѣкъ думать-то еще можетъ, а настоящія-то слова у него и не выходятъ, одни обглодки или первые слога. Такъ и бормочетъ: му-му-му, бу-бу-бу...

Блондинка разсмѣялась, взглянувъ на его мину. Онъ не рисовался. Ему было весело, несмотря на сердечную рану, раскрытую имъ, за нѣсколько минутъ. Навѣрно экзамены сданы съ хорошими отмѣтками, впереди цѣлое лѣто, длинный рядъ яркихъ и свѣтлыхъ ночей. Такія вотъ прогулки — и любовь, и вѣра въ запасъ молодыхъ силъ...

— Сергѣй Петровичъ, намъ пора, что же мы здѣсь расположились. До свиданія, улыбнулась мнѣ Евгенія Дмитріевна, поднимаясь съ травы.

— А еще не позволите кусочекъ изъ этой книжки? крикнулъ онъ, указывая на томикъ Мюссе.— Тутъ есть одна вещица: такъ вотъ и захватываетъ васъ въ такой день, какъ сегодня.

— Ну, прочтете про себя.

Она подала мнѣ руку. Я проводилъ ихъ и помогъ студенту отчалить.

— За гостепріимство благодаримъ покорно! крикнулъ онъ и взмахнулъ шляпой.— На кегли будемъ ждать. И если угодно что-нибудь обозрѣть — я къ вашимъ услугамъ. Въ паркѣ будемъ встрѣчаться. А то завернете когда по дорогѣ. Я у Доброхотова въ досчатомъ звѣринцѣ живу, знаете, тамъ, на выселкахъ?..

33

Все это онъ мнѣ кричалъ съ лодки, пока она не скрылась на поворотѣ въ озеро.

XVI

Въ моей засадѣ я пробылъ до поздняго обѣда. Не хотѣлось разставаться съ этимъ укромнымъ мѣстечкомъ. Я обошелъ озеро и сталъ подниматься по срединной аллеѣ. На пристани виднѣлись свѣтлыя платья дачницъ. Отчалила большая лодка, набитая студентами. Около круглой площадки съ лужайкой, на одной изъ скамеекъ, по правую руку сидѣли: коренастый студентъ, съ длинными рыжеватыми волосами, въ блузѣ и большихъ сапогахъ, и худощавая дѣвушка, безъ шляпки, въ темномъ платьѣ, съ накинутой на плечи плохенькой мантильей. Они о чемъ-то очень горячо говорили. Студентъ часто моталъ головой, то и дѣло вскакивалъ и опять садился рядомъ. Мнѣ ихъ было видно изъ дали. Но вотъ справа изъ боковой аллеи показалась фигура, въ которой я тотчасъ же призналъ моего новаго знакомаго. Онъ шелъ съ развальцемъ, откинувъ голову назадъ, кажется, напѣвая что-то. Я замедлилъ шагъ. Мой брюнетъ остановился вдругъ передъ скамейкой. Студентъ въ блузѣ сдѣлалъ движеніе, приглашая его присѣсть. Я замѣтилъ, что и дѣвушка вся встрепенулась, какъ-то нервно подняла на него голову, обдернула свою мантильку и тогда уже протянула ему руку и нѣсколько разъ потрясла ее, что-то говоря ему. Онъ всталъ передъ ними, покачиваясь то на одной, то на другой ногѣ, съ довольнымъ, улыбающимся лицомъ. Кажется, онъ сейчасъ же началъ что-то декламировать, и то приближался къ скамейкѣ, то отходилъ отъ нея.

Дойдя до лужайки, я нарочно повернулъ налѣво, чтобы не проходить мимо. Въ совершенно тихомъ и прозрачномъ воздухѣ отдѣльные звуки ихъ разговора долетали до меня. Мой брюнетъ дѣйствительно что-то продекламировалъ. Потомъ раздался гораздо глуше голосъ дѣвушки, въ перемежку съ болѣе рѣзкими возгласами студента въ блузѣ. Они не. то побалагурили, не то поспорили. Потомъ разговоръ смолкъ. Я уже былъ опять въ аллеѣ, въ той ея части, гдѣ всего больше тѣни, откуда цвѣтникъ террасы и фасадъ "дворца" виднѣлись, освѣщенные приближающимся закатомъ. Выпуклыя стекла горѣли, точно свѣчи. Изъ цвѣтника шелъ запахъ розъ.

Не грѣшно было и еще полѣниться. Я присѣлъ на диванъ у самаго входа въ цвѣтникъ. Не прошло и трехъ минутъ, какъ меня кто-то окликнулъ. Это былъ мой брюнетъ.

— Здравствуйте еще разъ, кивнулъ онъ мнѣ и снялъ шляпу, послѣ чего громко перевелъ дыханіе и прошелся платкомъ по лицу.— Вы, я вижу, большой любитель природы.

— Славно здѣсь, сказалъ я.

— А попробовали бы зимой или осенью, въ октябрѣ? Хорошо-то, хорошо, да жаль, что намъ пріѣдается. Я вѣдь третій годъ здѣсь погуливаю. А мѣстечко-то у васъ тамъ чудесное. Отбить нельзя?

Онъ прищурилъ глаза и разсмѣялся.

— Извольте. Я и сегодня бы уступилъ вамъ.

— Сегодня не клеилось что-то. Вы вотъ, я вижу, понимаете всякое этакое настроеніе. Не даромъ у васъ Альфредъ Мюссе очутился. Да! октябрьская ночь! это не то что ощущенія нашего октября на выселкахъ, когда ползешь къ себѣ въ номеръ по щиколодку въ грязи... Я къ вамъ присяду, утомился.

— Все гребли?

— До пятаго часа. А послѣ обѣда проводилъ ту даму... взадъ и впередъ верстъ пять.

Онъ нагнулъ голову и немного задумался.

— Какъ она на вашъ вкусъ? вдругъ спросилъ онъ, поднимая голову.— Вы, я вижу, эстетикъ. Что-жь, я вѣдь это не ругательно говорю. У меня есть свой собственный взглядъ... вотъ сейчасъ тутъ остановили меня на кругу... Для нихъ если что прочтешь этакое, хотя бы прямо отъ сердца оторвалось, разъ поймутъ, а десять нѣтъ. Все, видите ли, рисовка для нихъ...

— Это вашъ товарищъ? позволилъ я себѣ освѣдомиться.

— Да, однокурсникъ, и одна тутъ родственница его.

Онъ положилъ мнѣ руку на колѣно и заглянулъ въ лицо.

— Знаете, они мнѣ сегодняшній день испортили. Лучше бы они мнѣ не попадались. Хорошій народъ, спору нѣтъ, но все это нытье, да нытье... Этакій божественный вечеръ. Кромѣ вотъ этого самаго француза, который у васъ въ книжкѣ, врядъ ли кто можетъ отвѣтить на душевное настроеніе. Ну, скверно жить цѣлымъ милліонамъ народа, скверно, да вѣдь отъ этого имъ легче не будетъ, что я раскисну и отниму у себя лишнюю минуту живой жизни. Вѣдь такъ?

Я молча согласился.

— Ну да, я знаю, что вы будете со мной согласны. И что ужасно: въ женщинахъ-то, въ такихъ, гдѣ все сіяетъ, и въ нихъ отзыву нѣтъ. Точно замерзли! Вамъ какъ показалась новая знакомая?

Онъ еще разъ заглянулъ мнѣ въ лицо и слегка прищурилъ глаза.

— Очень живописна.

— Это вѣрно, слово подходящее. Но каково спокойствіе? Не разберешь, что тутъ: презрѣніе ли ко всему мужскому роду, или какой-то душевный сонъ, ничто еще не захватило!..

— Можетъ быть, и то, и другое.

— Обидно! У насъ такъ мало женщинъ. Оттого и жизнь сѣренькая. Вы возьмите, какъ нашъ братъ здѣсь живетъ, а мы еще въ нѣкоторомъ родѣ на лонѣ природы. Придетъ весна, начинается безобразная зубрёжь, и такъ чуть не до конца іюня, а въ остальное время, осенью, зимой, коптишь въ лабораторіи, или у себя въ номерѣ лежишь, читаешь, и кромѣ кухмистерской и полпивной — никакихъ рессурсовъ! А тамъ все съ своимъ же братомъ возимся. Хорошіе парни есть, и не мало ихъ; да все это не додѣлано, знаете, грубовато, живетъ только мозгомъ, ничто его не можетъ встряхнуть, подѣйствовать прямо на его чувство, на его сердечную эстетику. Такъ и кончитъ курсъ въ какой-то одичалости, выпустятъ его младшимъ таксаторомъ и начнетъ онъ себѣ извлекать невинные доходы изъ очистки государственныхъ лѣсовъ. Идеи у него все равно улетучатся. Такъ лучше бы ужъ какія-нибудь хорошія сердечныя испытанія!..

Онъ не договорилъ. Вся эта тирада вылилась у него однимъ духомъ. Но подъ разсужденіями этого молодого человѣка бродило страстное чувство.

— Знаете что, заговорилъ онъ нѣсколько другимъ тономъ: — устроимте какъ-нибудь прогулочку въ лѣсъ? Тамъ почитаемъ. Я попрошу Евгенію Дмитріевну. Вы не смотрите на меня такимъ испытующимъ взглядомъ. Я сразу почуялъ, что вы для меня человѣкъ самый подходящій. Проведите съ нами денекъ, присмотритесь и скажите мнѣ потомъ, какого сорта эта женщина. И въ обстановкѣ ея, и въ разныхъ подробностяхъ есть что-то такое... какъ бы это сказать, не то что фальшивое, а обидное за нее. Я себя всячески сдерживаю...

— Женщинамъ читать нотаціи опасно, сказалъ я.

— Да ужь какія тутъ нотаціи! Вотъ если познакомитесь поближе, сами увидите. А я былъ бы радъ!..

Студентъ въ блузѣ и худощавая дѣвушка проходили въ эту минуту мимо насъ. Мой собесѣдникъ остановился, всталъ и быстро подошелъ къ нимъ, съ такимъ видомъ, какъ будто хотѣлъ сказать: "зачѣмъ вы тутъ толчетесь, чего вамъ нужно?"

— Вы меня не ждите, нетерпѣливо сказалъ онъ имъ.

— Да вотъ она ужь ѣдетъ въ городъ.

Студентъ въ блузѣ указалъ рукой на дѣвушку. Та покраснѣла и, не поднимая глазъ, начала обдергивать свою мантильку.

— Уѣзжаете? равнодушно спросилъ брюнетъ. — Надолго ли?

— Не знаю, чуть слышно отвѣтила она, и мнѣ показалось, что она вотъ-вотъ расплачется.

— Возвращайтесь поскорѣй, вамъ воздухъ полезенъ.

Она ничего не отвѣтила и отвернула голову.

— Полезенъ! закричалъ студентъ въ блузѣ. — Ты, я посмотрю, гусь лапчатый. Надежда Ѳедоровна искала тебя сегодня, искала, а ты съ утра закатился, и шутъ тебя знаетъ, съ кѣмъ ты хороводишься!..

— Ну, ладно, ладно! остановилъ его брюнетъ.

— Да нечего, братъ, финьтить. Пойдемте, обернулась блуза въ сторону дѣвушки. — Видите, какъ онъ ломается.

Она сдѣлала два шага, потомъ остановилась, протянула нерѣшительно руку и проговорила тихимъ голосомъ:

— Прощайте, Сергѣй Петровичъ. Онъ было хотѣлъ пойдти за ней, но махнулъ рукой и отвернулся. Пара удалялась скорымъ, тревожнымъ шагомъ. Студентъ нѣсколько смѣшновато покачивался на ходу, подавшись впередъ всѣмъ тѣломъ. Дѣвушка шла съ опущенной головой.

— Ваши прiятели? спросилъ я еще разъ моего брюнета, когда онъ вернулся ко мнѣ.

— Вотъ такихъ женщинъ — не мало заговорилъ онъ съ оттѣнкомъ раздражительной насмѣшливости. — Это наши товарищи. Понимаютъ всякую штуку, кромѣ той, которая въ данный моментъ требуется.

И онъ разсмѣялся недобрымъ смѣхомъ.

— Не хотите ли чайкомъ побаловаться? тотчасъ же послѣ того спросилъ онъ у меня.

— Здѣсь, въ чайной?

— Да.

Я согласился.

XVII

Мы сѣли за столикъ въ тѣни акацiй, лѣвѣе отъ круглаго павильона, гдѣ я по утрамъ иногда работаю.

— Аннушка, Аннушка! крикнулъ Чулковъ, ловя на ходу дѣвочку маленькаiо роста, съ темными волосами, заплетенными въ двѣ косицы. Она проносила мимо насъ подносъ съ чашками цѣлому обществу, помѣстившемуся нѣсколько лѣвѣе.

— Дѣвица микроскопическая, продолжалъ онъ, указывая головой на дѣвочку: — но въ ней уже сидитъ комерсантъ. Отлично управляется.

Подошла дѣвочка, улыбнулась намъ заученой улыбкой и взглянула на насъ изъ-подлобья темно-голубыми, очень красивыми глазками.

— Соблаговолите съ лимономъ, и чайку получше, заказалъ Чулковъ, снялъ шляпу, закурилъ свѣжую папиросу и широко перевелъ духъ.

Видно было, что ему хочется докончить нашъ разговоръ. Въ немъ еще не улегся остатокъ какого-то раздраженія, послѣ ухода его пріятелей. Дѣвушка, съ которой онъ такъ безцеремонно простился, показалась мнѣ очень симпатичной. Я самъ не прочь былъ узнать что-нибудь побольше про ихъ отношенія.

Аннушка подала намъ чаю съ необыкновенно дѣловитой миной. Мой спутникъ ловко налилъ стаканы и началъ жадно глотать чай.

— Вотъ видите, что значатъ наши-то сѣренькія фигуры. Онѣ ужъ мнѣ все настроеніе испортили. Такая у насъ нестерпимая требовательность развилась. Инквизиторство какое-то: гдѣ былъ, съ кѣмъ гулялъ, почему не съ нами, какъ смѣешь проводить время не такъ, какъ мы его проводимъ? Отвратительное себялюбіе, по моему. И кромѣ казенщины и фальши ни къ чему не можетъ привести! Отчего же это такъ выходитъ, что мы съ вами никогда другъ друга не встрѣчали, ну, и разница лѣтъ есть,— а мы вотъ другъ друга сразу начали понимать? А они не могутъ. Для нихъ, коли человѣкъ водится съ ними, онъ точно обязанъ отрѣшиться отъ своей личности, не смѣть думать о чемъ-нибудь, чѣмъ они сами не занимаются.

— Мнѣ кажется, замѣтилъ я:— что эта дама или дѣвица — не знаю, очень скромнаго и непритязательнаго вида?

— О, насчетъ скромности — запасъ достаточный! только видите ли, по моему, это едва ли не хуже, чѣмъ прежняя грубость, знаете, когда прямо говорили: — "вы пошлякъ, у васъ идіотскія понятія!" Подъ этой скромностью все-таки большая притязательность.

Онъ продолжалъ прихлебывать чай уже съ меньшей жаждой. Раздраженіе замѣтно поулеглось въ немъ.

— Ну, да мнѣ все равно, какъ бы про себя воскликнулъ онъ.— Знаете, обратился ужъ онъ ко мнѣ:— никто не имѣетъ права обрѣзывать себѣ крылья, насиловать свою душу Богъ знаетъ изъ-за чего. Мы ужъ лучше поживемъ!

Не знаю, куда бы завела его бесѣда со мной; но въ эту минуту подошла ко мнѣ Аннушка и подала карточку, говоря, что какой-то господинъ тутъ неподалеку пьетъ чай и спрашиваетъ, можетъ ли онъ повидаться со мной.

На карточкѣ стояло: "Григорій Николаевичъ Ворокуевъ". Это былъ мой парижскій естественникъ! Мы не видались съ тѣхъ самыхъ поръ, т. е. лѣтъ четырнадцать. Я даже удивился, что онъ могъ узнать меня издали. Аннушка побѣжала просить его.

— Я вамъ мѣшать не буду, заговорилъ мой спутникъ, поднимаясь.

Мнѣ не было большого труда удержать его, сказавши, что Ворокуевъ — давнишній заграничный знакомый, съ которымъ у насъ нѣтъ никакихъ секретовъ. Рѣшительно — это былъ день встрѣчъ.

Я самъ врядъ ли бы узналъ моего парижскаго знакомца. Онъ облысѣлъ, сдѣлался вдвое полнѣй, съ красноватымъ носомъ, но вообще постарѣлъ мало. Подходилъ онъ къ нашему столику какой-то боковой походкой, приподнявъ одно плечо выше другого, по прежнему небрежно одѣтый, въ парусинномъ пальтецѣ и съ бѣлымъ картузомъ въ рукахъ.

— Хи, хи, хи! прыснулъ онъ по старой привычкѣ, обнимая меня.— Вотъ оно гдѣ встрѣтились! А я ужь думалъ вы гдѣ-нибудь въ тундрахъ сѣвера. Что же, батенька, мало измѣнились. Женаты или холосты? Ну, конечно, не женаты. Очень радъ.

Онъ присѣлъ къ столику, начались разспросы. Я замѣтилъ по лицу студента, что Ворокуева онъ знаетъ. Оказалось, что мой естественникъ давнымъ-давно уже профессорствуетъ въ одномъ изъ южныхъ университетовъ и пріѣхалъ провести лѣто къ пріятелю. Мнѣ не хотѣлось изливаться передъ нимъ, хотя я и замѣтилъ, что онъ сталъ помягче и попроще, но за то пріобрѣлъ какія-то замашки холостяка, безпрестанно ухмылялся, дѣлалъ даже гримасы и смѣялся чаще прежняго.

— Спеціальности своей не мѣняли? спросилъ я его.

— Ха! ха! ха! есть новая спеціальность.

— Какая же?

— Эстетическая антропологія. Не понимаете сразу? Изученіе человѣческой красоты, разумѣется, женской.

Услыхавъ это, мой студентъ встрепенулся и оглядѣлъ профессора.

— Прежде у васъ, кажется, къ этому не было наклонности?

— Ха! ха! развилась, хотя не скажу, чтобы путемъ примѣненія къ окружающей средѣ. У насъ по этой части бѣдность унизительная. Вы только займитесь, напримѣръ, изученіемъ русскихъ носовъ, въ женскомъ полѣ, какія они выдѣлываютъ въ своихъ очертаніяхъ параболы и гиперболы. Поневолѣ явится въ мозгу вашемъ протестъ; захочется искать чистыхъ линій. Все дѣло въ линіи, а остальное не относится къ красотѣ.

Я оглянулъ его. Сквозь дурачливый тонъ пробивалась, однакожъ, довольно искренняя манера. Ему пріятно было сразу же бесѣдовать на эту тэму.

Студентъ возбужденно прислушивался.

— Да, протянулъ Ворокуевъ. — Я это старательно изучаю.

— Насчетъ линій? спросилъ Чулковъ, обращаясь больше ко мнѣ, чѣмъ къ моему естественнику.

Видно было, что фигура Ворокуева, его тонъ, внезапный оборотъ разговора — все это чрезвычайно заинтересовало его.

Ворокуевъ взглянулъ на него весело, безъ всякой профессорской чопорности. Я ихъ перезнакомилъ, чтобы разговоръ шелъ непринужденнѣе.

— Насчетъ линій, повторилъ Ворокуевъ. — Вамъ это, молодой человѣкъ, кажется ересью? Не правда ли? Я даже въ глазахъ вашихъ компрометирую себя. У насъ теперь вездѣ ужасти какая серьёзность. Повѣрите ли — онъ нагнулся ко мнѣ: — случается, идешь домой, впереди васъ плетутся два клопа — гимназистика. И какой разговоръ у нихъ? Просто смѣху подобно! И слова-то всѣ отвлеченныя. Другъ друга объ убѣжденіяхъ выспрашиваютъ.

— Ха, ха, ха! разразился Чулковъ и даже откинулся всѣмъ корпусомъ.

У Ворокуева было много юмору въ мимикѣ. Онъ какъ-то презабавно поводилъ носомъ.

41

— А уже про васъ, господа, продолжалъ Ворокуевъ, сдѣлавъ жестъ въ сторону Чулкова:— и говорить нечего. Особенно въ здѣшнемъ мѣстѣ... И онъ оглянулся кругомъ съ многозначительной усмѣшкой.

— А вы какъ же на насъ смотрите? спросилъ Чулковъ.

— Да кто васъ знаетъ! Слышалъ я, что работаете хорошо, а до прочаго я не касаюсь. Навѣрно строгость большая по части гражданскихъ принциповъ. Ну, да вы люди молодые. Вамъ гдѣ же заниматься такимъ дѣломъ, какъ изученіе красоты.

— Что вы, полноте! вскричалъ Чулковъ.— Не всѣ же мы уроды. И мы также понимаемъ чего недостаетъ нашему брату.

— Многаго, многаго, заговорилъ уже нѣсколько другимъ тономъ естественникъ.— И сами виноваты въ этомъ. Ну, и попрыгайте, испейте чашу до дна, проходите мимо жизни, надѣвайте на себя вериги, о которыхъ никто васъ не проситъ, а мы вотъ, сорокалѣтніе молодые люди, знаемъ, что постыдно такое подвижничество... Вотъ мы и занимаемся отыскиваніемъ изящныхъ линій.

— И что же, нашли что-нибудь по этой части здѣсь? спросилъ Чулковъ, взглянувъ на Ворокуева.

Тонъ вопроса былъ веселый и добродушный.

— Вообще плохо, началъ Ворокуевъ съ особымъ аппетитомъ:— носы — ужасны. Я объясняю это тѣмъ, что теперь переходная эпоха для женскаго типа...

— Каждая эпоха — переходная, добавилъ Чулковъ.

— Позвольте-съ! Дайте мнѣ развить вамъ мое обобщеніе. Видите ли, художественныя линіи могутъ являться только тогда, когда естественный подборъ совершался въ цѣломъ рядѣ поколѣній. Ну, вотъ было сословіе вотчинниковъ, дворянъ. Раса вырабатывалась, во-первыхъ, нѣкоторымъ смѣшеніемъ... И простонародная кровь, и на иностранкахъ женились, и гувернаночка какая-нибудь, а потомъ уходъ, обстановка, съ дѣтства привычка къ извѣстнымъ формамъ... Теперь этого нѣтъ, смѣшеніе крови происходитъ зря. Женъ берутъ или изъ-за денегъ, разныхъ сверхъестественныхъ рожъ, или прельщаются по части интеллигенціи: тамъ все толсто, дебело, протоплазма какая-то, безформенные комки, а тутъ угловато, сухо, заморено!..

— Ха, ха, ха, разразился студентъ, и даже ударилъ себя обѣими руками по колѣнамъ.— Да вѣдь это цѣлая теорія!

— Теорія, не теорія, все съ такимъ же вкусомъ продолжалъ Ворокуевъ:— а выводы изъ положительныхъ наблюденій, которыя я вамъ, молодой человѣкъ, и рекомендую. Объ расѣ въ такихъ условіяхъ и думать нечего! Все это должно начинать съизнова, пока не явятся высшія потребности, пока не будетъ розлива нервнаго чувства по всему организму — нечего и думать о красотѣ. Въ дворянствѣ, по этой части, положительное вырожденіе. Я вотъ въ губернскомъ городѣ профессорствую, у насъ еще собранія, болѣе по старому посѣщаются. И что же? Проходишь сзади танцующихъ — ужасъ нападаетъ: все позвоночные столбы...

— А то какъ же? остановилъ Чулковъ.— Безъ спинного мозга развѣ?

— Позвонки, позвонки пересчитаешь, плечевыя кости торчатъ, ключицы. И все это желто, зелено, худосочно, искривлено на разныя манеры.

— Будто бы уже такъ безотрадно? спросилъ я.

— Не вѣрите, загляните сами, ступайте зимой въ россійское благородное собраніе. И понятно. Раса не успѣла еще сложиться, реформа подкосила, прежняго подножнаго корма нѣтъ...

— Такъ вы, стало быть, за крѣпостное право? спросилъ студентъ.

— Вонъ куда хватили. Я констатирую факты, а не публицистикой занимаюсь въ настоящую минуту. У меня своя точка зрѣнія и свой аршинъ.

Аннушка съ хорошенькими глазками подошла къ намъ спросить, не нужно ли еще горячей воды.

Ворокуевъ воззрился на нее, потомъ выразительно поглядѣлъ на насъ обоихъ.

— Тутъ есть раса, профессоръ? освѣдомился Чулковъ, когда дѣвочка удалилась.

— Не раса, а народный кряжъ. Есть наслѣдственные типы. И они дѣлаются только нервнѣе въ городской жизни. По этому-то я еще возлагаю нѣкоторую надежду на нашу новую буржуазію. Тутъ и купечество, тутъ и поповичъ, и мѣщанинъ, и бывшій нарядчикъ изъ мужичковъ. Старое именитое купечество-то доработалось до крупичатаго типа. Есть своего рода благообразіе. Но настоящихъ чертъ, линій, абрисовъ нѣтъ. У женщинъ все въ глаза уходитъ. Иногда видите и носъ въ стилѣ, но слишкомъ строго выходитъ, сурово, вы видите, что тутъ цѣлыя поколѣнія скованной жизни, побоевъ или ханжества, лампаднаго масла!..

Я слушалъ Ворокуева и поглядывалъ на студента. Ихъ раздѣляла разница въ лѣтахъ, такая же, какъ и меня съ Чулковымъ. Но я былъ простой смертный, а въ лицѣ ихъ бесѣдовали между собою слушатель и наставникъ. Мнѣ было бы немножко неловко за Ворокуева, еслибы мой новый знакомый не выказывалъ такой чуткости. Онъ сразу понялъ не напускное, а естественное чудачество Ворокуева. Ему нравился этотъ пестрый и своеобразный рефератъ по эстетической антропологіи. Говорилъ умный, даже ученый человѣкъ и говорилъ, забывая про свое званіе, съ какимъ-то художническимъ оживленіемъ, предавался своимъ любимымъ темамъ.

Точно желая подтвердить мои мысли, студентъ поглядѣлъ на меня своими умными, искристыми глазами. Глаза эти говорили: "не безпокойтесь, я съ нимъ спорить не буду".

— Знаете что, началъ опять Ворокуевъ.— Будь я диктаторомъ, я бы сейчасъ распорядился выпиской каждогодно цѣлыхъ партій красивыхъ женщинъ. Въ Германіи, особенно въ южной, въ Австріи, Венгріи, вездѣ и въ городахъ, и въ деревняхъ вы видите расу: ростъ, поступь, торсы, волосы, глаза...

— Носы, прибавилъ Чулховъ.

— И носы. И сейчасъ бы произвелъ выборъ въ мужскомъ полѣ. Вотъ тогда бы пошла порода.

— Да это заводъ былъ бы какой-то! перебилъ опять студентъ.

— А вы, какъ бы думали? Да что же американцы глупѣе насъ? А у нихъ преміи выдаютъ, общества такія составляютъ. Никто не имѣетъ права жениться иначе, какъ на женщинѣ, получившей премію. И женихъ долженъ быть такихъ же антропологическихъ свойствъ.

— Ну, а какъ же быть безъ диктатуры? спросилъ я.

— Да съ теоріей невмѣшательства ничего путнаго и не будетъ. А у насъ, при теперешнихъ замашкахъ... Женщина съ каждымъ днемъ теряетъ самое сознаніе своего эстетическаго долга...

— Какого? вскричалъ Чулковъ.

— Эстетическаго. У женщины должна быть прирожденная обязанность воздѣлывать въ себѣ красоту.

— Ну, только не у нашихъ, вырвалось у Чулкова.

— Довольно, кажется, было иконоборства этого!.. Чего онѣ съ нимъ добились?.. Я говорю про нашихъ съ вами сверстницъ — онъ обернулся въ мою сторону.— Добились того только, что народили заморышей какихъ-то. И я вамъ, молодой человѣкъ, повернулся онъ въ сторону Чулкова:— не завидую. Придетъ пора любви, а передъ вами цѣлый ассортиментъ какихъ-то недоносковъ пепельно-сѣраго цвѣта, вмѣсто волосъ, сосульки какія-то висятъ, ни улыбки, ни взгляда. Подобія граціи нѣтъ. Одна походочка можетъ у васъ кровь въ сыворотку обратить.

— Ха, ха! разразился студентъ.

— И пускай мнѣ не смѣютъ говорить, что это отъ бѣдности. Поѣзжайте куда-нибудь за-границу. Въ любой нѣмецкій городишко, особливо ужь въ Австріи. Всякая горничная, да что горничная, прачка къ вамъ придетъ, за плечами у ней въ плоской кадушкѣ пуда три-четыре бѣлья, работаетъ по четырнадцати часовъ въ день, исходитъ на своихъ, на двоихъ верстъ двадцать, когда разноситъ бѣлье, а посмотрите-ка на нее, вычесана съ кокъ-лисами разными, шелковый платочекъ подвязанъ и непремѣнно къ лицу. Идетъ грудью впередъ, передничекъ чистый, талія перетянута. Однимъ словомъ, женщина. Даетъ вамъ даровое художественное ощущеніе. А кто она? Пролетарій. Настоящій пролетарій. Сыта, пока работа есть. Да-съ, скорблю я о васъ, господа. Нельзя и работать, и науку воздѣлывать среди какого-то звѣринца.

Онъ вдругъ оборвалъ свою рѣчь, что-то вспомнилъ и, повернувшись ко мнѣ, сказалъ полутаинственно:

— Здѣсь, однако, водится одна...

Студентъ насторожилъ уши и съ улыбкой спросилъ:

— Въ какомъ же вкусѣ?

Ворокуевъ прищурилъ немного глаза, точно желая хорошенько разсмотрѣть и лицо, и фигуру той, о комъ онъ собирается говорить.

— Въ какомъ вкусѣ? повторилъ онъ вопросъ Чулкова. — Да во вкусѣ прекрасной Елены. Я еще не изучилъ какъ слѣдуетъ, но порода видна.

— Блондинка? подсказалъ Чулковъ.

— Да, золотистые волосы. Ростъ богатый. Черты лица не то, что особенно тонки...

— Линіи нѣтъ? ввернулъ опять студентъ.

— Нѣтъ, я не скажу. Только общій характеръ красоты не такой, чтобы брать одной тонкостью линій. За то форма рукъ изумительная!

Мы переглянулись съ Чулковымъ. На его яркихъ губахъ блуждала немного самодовольная улыбка.

— Вѣдь это Евгенія Дмитріевна, сказалъ онъ мнѣ въ полголоса.

— Ваша знакомая? быстро спросилъ Ворокуевъ, поглядѣвъ на насъ обоихъ.

— Больше господина Чулкова, чѣмъ моя, сказалъ я.

— Это отлично! вскричалъ студентъ. — Профессоръ — большой спеціалистъ. Такую женщину, какъ Евгенія Дмитріевна, стоитъ изучить.

— Познакомьте, сказалъ Ворокуевъ, и, обращаясь ко мнѣ, прибавилъ: — намъ вѣдь здѣсь все лѣто коротать: а молодому человѣку нашего брата не опасно знакомить.

Онъ началъ разспрашивать Чулкова, закидывая его вопросами: кто такая Евгенія Дмитріевна, замужняя или вдова, въ какой обстановкѣ живетъ, чисто русской крови, или же съ

46

примѣсью какой-нибудь иностранной?.. Чулковъ какъ бы затруднялся давать на это подробные отвѣты и подъ конецъ сказалъ:

— Женщина она независимаго положенія. Я уже вотъ говорилъ Павлу Ивановичу (онъ указалъ на меня), что мнѣ многое не совсѣмъ понятно.

Чай мы допили. Уже совсѣмъ смерклось. Чулковъ простился съ нами. Мы условились на этихъ же дняхъ устроить гулянье въ лѣсъ по направленію къ парку или въ другую сторону...

XVIII

Ворокуевъ жилъ на шоссе, въ одной изъ боковыхъ улицъ. Я его проводилъ до дому. Дорогой поэкзаменовали другъ друга. Разговоръ за чаемъ показалъ мнѣ, что онъ пріобрѣлъ особый видъ не то дурачества, не то диллетантства, котораго я у него совсѣмъ не замѣчалъ за-границей. Тогда, въ Парижѣ, гдѣ можно было предаваться женолюбію, онъ совсѣмъ не былъ наклоненъ къ этому. Онъ весь тогда уходилъ въ бойкое, немного тревожное европейство. Умъ его безпрестанно раздражался вопросами дня. Онъ то и дѣло спорилъ, переходя отъ дарвинизма къ Огюсту Конту, отъ Конта къ экономическимъ вопросамъ, а отъ нихъ къ журнализму, къ политикѣ или къ обсужденію какой-нибудь технической подробности. Перемѣна въ немъ сказывалась огромная. Онъ мнѣ задалъ нѣсколько вопросовъ, но больше вскользь. Я чувствовалъ, что моя внутренняя жизнь мало его интересуетъ. На мои вопросы онъ отвѣчалъ больше шуточками. На полпути, когда мы были уже около того перекрестка, куда выходитъ дорога въ паркъ, я его остановилъ вопросомъ:— куда дѣвалась его прежняя отзывчивость на всякіе умственные интересы?

— Ахъ, батенька, возразилъ онъ:— прожили столько времени въ любезномъ отечествѣ, а удивляетесь. Тамъ, гдѣ мы съ вами процвѣтали лѣтъ четырнадцать тому назадъ, можно было отдаваться всему, нужды нѣтъ, что оно чужое, а дома лучше кое о чемъ покалякать, только не въ серьёзъ.

Онъ сказалъ это не то съ горькой усмѣшкой, не то дурачливо. Но въ тонѣ было слышно, что онъ не прочь и развить свою мысль.

— У васъ есть наука, замѣтилъ я.

— Она при мнѣ и остается, Работаю я, какъ и всякій спеціалистъ — для кого? для десяти-пятнадцати человѣкъ во всемъ ученомъ мірѣ. А чтобы жить какъ слѣдуетъ, на это люди нужны, а не обыватели. Такъ ужь лучше эстетической антропологіей заниматься. Чтожь я себя буду раздражать разговорами на европейскій манеръ, когда я знаю, что ничего изъ этого не выйдетъ, кромѣ постыднаго чувства своего безсилія!

Я промолчалъ. Мнѣ уже не впервые приходится выслушивать такую исповѣдь развитыхъ русскихъ людей. Но я не думалъ, чтобы Ворокуевъ такъ скоро попалъ въ ту же категорію. Въ немъ-то бы я и ожидалъ найти всегда, даже на старости, то, что такъ скоро теряютъ русскіе, вернувшись домой: привычку къ разговорамъ на европейскій ладъ.

— Такъ легче, продолжалъ Ворокуевъ.— Вы оглянитесь только, трезво, безъ Маниловщины, на чемъ держится у насъ общество, какой смыслъ въ жизни этой восьмидесяти-милліонной машинищи?.. Такъ тутъ упрыгаешься!..

Онъ остановился и взялъ меня за руку. Его задорные глазки смотрѣли на меня мягче обыкновеннаго. Лицо приняло выраженіе человѣка, желающаго дать пріятелю добрый совѣтъ.

— Вотъ что я вамъ скажу, гораздо порывистѣе заговорилъ онъ.— Чушь у насъ происходить!..

— Гдѣ? въ чемъ? вырвалось у меня.

— Въ мозговой работѣ, въ томъ, что бродить въ молодежи, въ жизни каждаго изъ насъ. Иконоборство одно! Мистицизмъ, сектаторство, не призванное мученичество за весь родъ человѣческій; а нормы нѣтъ, самымъ первымъ потребностямъ никакого хода. Отчего тоскуютъ? Откуда эта повальная хандра, это слюняйство, угрюмость, мрачное тупоуміе, откуда? Причина ясная: инстинктамъ нѣтъ хода, страстямъ, чувству красоты, темпераменту! И съ тѣхъ поръ, пока этого не будетъ — нечего говорить объ умственной культурѣ, о свободѣ, гражданскихъ идеалахъ, подъемѣ духа и тому подобныхъ трафаретныхъ рисункахъ!..

Это былъ очень искренній порывъ. Четырнадцать лѣтъ назадъ, Ворокуевъ не въ состояніи былъ бы такъ ярко высказаться.

— Возмутительно смотрѣть! продолжалъ онъ все также горячо. — И повторяю опять, не въ одной тутъ бѣдности дѣло. Древній грекъ въ самый расцвѣтъ своей цивилизаціи жилъ на два гроша. Я знаю — климатъ. Но климатъ климатомъ, а главное въ нормѣ, въ удовлетвореніи чувства красоты, въ признаніи законности своихъ инстинктовъ! И подите, толкуйте имъ...

— Вы видѣли, однако, прервалъ я его: — что есть теперь студенты, способные понять и вашу эстетическую антропологію.

— Э, батенька, знаемъ мы ихъ; если онъ и понимаетъ это, такъ не мозгомъ, а по юнкерски, да и то перескажетъ все товарищу въ шутовскомъ видѣ. И съ каждымъ поколѣніемъ все хуже.

— Послушайте, Ворокуевъ, перебилъ я его: — вамъ должно быть тяжело профессорствовать, при такомъ взглядѣ на вашихъ слушателей?

Мой вопросъ не озадачилъ его.

— Я смотрю на свое дѣло по своему; у меня каѳедра, кабинетъ, работы... а популярничаньемъ я не занимаюсь. Студенты меня не любятъ. На экзаменахъ я требователенъ, но въ самую мѣру. Этого, однакожъ, достаточно, чтобы васъ называли скотиной. При работахъ я требую тоже подготовки. Въ первые же годы у меня было нѣсколько столкновеній. То, что я говорилъ иногда, по просту, считалось выходками циника, а поддакивать я не желалъ.

Цѣлыхъ полчаса Ворокуевъ, говоря со мной, не разсмѣялся, не пускалъ своего характернаго "прысканья".

— Такъ — тяжело, подумалъ я вслухъ.

— Вотъ еще! и самому-то впору какъ-нибудь прожить. Когда мнѣ нужна бесѣда по душѣ — я беру книгу. И къ коллегамъ своимъ я очень равнодушно отношусь. Ждать отъ нихъ какихъ-нибудь высшихъ гражданскихъ свойствъ — наивность. Когда собираемся, больше идетъ сплетничество, факультетскіе пересуды, интрижки мелкія, разсчетцы, погоня за каѳедрами. Хлопочешь объ одномъ, какъ бы не очень замараться.

Мы подошли къ той дачкѣ, гдѣ гостилъ Ворокуевъ, и еще разъ остановились.

— Хи-хи-хи! прыснулъ онъ въ видѣ заключенія.— Что это у васъ лицо какое? За меня что ли огорчились? Идеалистъ вы, я погляжу, даромъ, что меня годовъ на пять постарше. Эхъ, батенька, намъ людямъ, считающимъ себя солью земли нашей, надо умѣть стоять въ сторонѣ, изучать, собирать матеріалы и не бояться своихъ идей. Вы думаете, я сластолюбъ, что ли? холостякъ на возрастѣ, со слабостью къ женскому полу. Нѣтъ-съ! чувственностью меня не проймете. Я красоту полюбилъ. Прежде, помните, былъ равнодушенъ. А съ нѣкоторыхъ поръ предался изученію ея и воздѣлываю въ себѣ это чувство. Вотъ потому-то мнѣ и не въ терпѣжь бываетъ смотрѣть какъ наша женщина теряетъ самый инстинктъ красоты. Гдѣ нѣтъ линій, тамъ нѣтъ расы, а гдѣ нѣтъ расы, тамъ нѣтъ человѣчности!.. Ну, до свиданья. Что этотъ юноша? Онъ породистъ, не надуетъ насъ насчетъ той прекрасной Елены?

— Познакомитъ, успокоилъ я его.

— А вы какъ ее находите?

— И я восхитился ея руками.

— То-то!

Мы пожали другъ другу руку почти какъ старые пріятели. Я возвращался возбужденный всеми рѣчами этого дня. И блондинка, и студентъ, и Ворокуевъ въ его теперешнемъ видѣ составляли очень яркое и своеобразное тріо. А вдали мелькали предо мной студентъ въ блузѣ и его спутница. Только ее одну и было мнѣ жалко. Я вспомнилъ какъ она глядѣла на Чулкова, какъ подавала ему руку, сколько тревоги и стыдливой горечи было въ чертахъ ея нервнаго, неэффектнаго лица.

Вотъ опять новые люди, совсѣмъ мнѣ незнакомые, а я уже чувствую, что и съ ними придется пойти дальше разговоровъ. Мнѣ не привыкать-стать! Теперь же и работы нѣтъ срочной. Отдыхъ мнѣ даже предписанъ, да не умѣю я отдыхать въ полномъ забвеніи всего окружающаго.

XIX

На выселкахъ около площади, гдѣ у трактира стоятъ извозчики, въ переулкѣ, примыкающемъ къ парку, поднимается выше другихъ двухъ-этажный деревянный домъ. Весь онъ ходитъ подъ студенческіе номера.

Я вошелъ на крыльцо и въ сѣняхъ остановился, не зная, подниматься ли мнѣ наверхъ или войдти въ нижній корридоръ. Не было никакого подобія дворника, корридорнаго, или хозяина. На мой окликъ никто не отвѣчалъ. Въ низшемъ корридорѣ довольно темномъ, направо и налѣво, шли двери въ отдѣльныя комнаты. Гдѣ-то въ концѣ корридора, въ одной изъ этихъ клѣтушекъ слышался разговоръ. Я еще разъ окликнулъ. Голоса смолкли. Настала полная тишина. Я поднялся наверхъ. На маленькой площадкѣ три двери. На одной изъ нихъ прибита карточка. Это и была комната Чулкова. Подъ карточку подсунутъ листокъ бумаги, на которомъ написано: "нѣтъ дома, уѣхалъ въ городъ, вернусь не раньше среды".

И наверху стояла такая же тишина. Все населеніе номеровъ разсыпалось объ эту пору по парку, ушло въ лѣсъ или сидѣло у товарищей. Оба эти корридора дѣйствительно похожи были на звѣринецъ: домъ сколоченъ кое-какъ, лѣтомъ душно, зимой навѣрно продуваетъ.

Я написалъ свою фамилію на той же бумажкѣ. Студентъ навѣрно завернетъ ко мнѣ. Ворокуевъ уже заходилъ на другой день и спрашивалъ: — Когда же пикникъ?

Выселки смотрятъ подгородной слободой. Въ послѣобѣденный жаръ тутъ пыльно на шоссе, васъ обдаютъ всякіе запахи изъ кабаковъ и трактировъ, несутся звуки разбитой машины, никакой тѣни, безпрестанно попадаются пьяные рабочіе. Извозчичьи дрожки уныло и разслабленно жарятся на солнцѣ.

Я поскорѣе миновалъ плотину и вышелъ изъ парка по ту сторону къ шоссе, идущему въ городъ. Когда я провожалъ Ворокуева, я не замѣтилъ хорошенько, у какого именно перекрестка его дача. Кажется, я прошелъ гораздо дальше и повернулъ не въ тотъ переулокъ. Понадѣявшись на свою память, я не спросилъ у него имя хозяина дачи. Городовой, торчавшій тутъ, былъ мнѣ безполезенъ. Въ глубинѣ переулка виднѣлась какая-то башня съ флюгеромъ и съ флагомъ. Тротуаръ шелъ вдоль низкихъ рѣшетокъ; кой-гдѣ у калитокъ — лавочки. Что-то забѣлѣлось въ нѣсколькихъ шагахъ отъ меня, около зеленой рѣшетки.

Не особенно я долюбливаю дачное оглядыванье прохожихъ. Врядъ ли у меня было пріятное выраженіе, когда я поровнялся съ тѣмъ мѣстомъ, откуда начиналась зеленая рѣшетка.

Опершись на низкую калитку, стояла моя блондинка и рядомъ съ нею мужчина съ сѣдоватыми, раскидистыми бакенбардами, не русскаго типа, въ широкой соломенной шляпѣ. На ней былъ прелестный туалетъ. Подробности его я не успѣлъ разсмотрѣть, знаю только, что онъ былъ бѣлый, съ нѣжной цвѣтной отдѣлкой.

Она мнѣ привѣтливо поклонилась и спросила прямо:

— Ко мнѣ?

Господинъ въ соломенной шляпѣ сдѣлалъ мнѣ также легкій поклонъ.

Я разсказалъ ей, почему попалъ въ эту мѣстность.

— Ко мнѣ, стало быть, не собрались еще? Богъ съ вами. Хотите въ тѣнь?

Я не отказался.

Небольшой садъ или, лучше, палисадникъ разбитъ на

красивыя клумбы. Направо въ углубленіи бесѣдка изъ дикаго винограда. Надъ площадкой, ближе къ дому, двѣ развѣсистыхъ ели. Подъ ними скамейка. Широкій балконъ-терраса съ нѣсколькими ступеньками, весь въ зелени и цвѣтахъ, съ парусиннымъ навѣсомъ. На террасу выходитъ рядъ оконъ и широкая балконная дверь. По саду бѣгала левретка.

— Хотите на террасу? спросила хозяйка, когда мы отошли нѣсколько шаговъ отъ калитки, потомъ остановилась и познакомила насъ.

— Иванъ Христіановичъ Шульцъ, назвала она господина въ соломенной шляпѣ.— А вотъ какъ васъ зовутъ — забыла, прибавила Евгенія Дмитріевна.

Я выручилъ ее изъ затрудненія.

Мы сѣли на террасу. Тутъ было очень прохладно и открывался даже видъ на боковую аллею, идущую вплоть до парка. Въ дверь я могъ разсмотрѣть небольшую гостинную, всю отдѣланную кретономъ, съ пьянино около другой двери, которая вела, вѣроятно, въ будуаръ. Вся дача съ этой террасой и садикомъ отзывалась женской холостой квартирой. Ни откуда не слышно было дѣтскихъ голосовъ, ничего такого, что говорило бы о семейной жизни.

— Юноша въ городѣ, сказалъ я хозяйкѣ.

— Да, я знаю, отвѣтила она и снисходительно усмѣхнулась.

— Это еще какой? спросилъ ее гость.— Изъ шершавыхъ?

— Нѣтъ, совсѣмъ не изъ шершавыхъ, успокоилъ я его:— напротивъ, изъ очень франтоватыхъ.

— Не вѣрится что-то. У Евгеніи Дмитріевны особенная страсть прикармливать этихъ шалопаевъ.

— Какихъ же это? спросилъ я, самымъ невиннымъ тономъ.

— Да вотъ всякихъ долгогривыхъ, въ рубашкахъ съ косымъ воротомъ. Вотъ они оставятъ васъ калѣкой на вѣки, и будете знать.

— Какъ же это? удивленно спросила она и уставила на него свои глаза съ поволокой.

— Да очень просто: возьметъ да и пырнетъ. У нихъ насчетъ этого очень просто. Ты красива, а я уродина. Ты меня жалѣешь

53

по своему мягкосердію, а я къ тебѣ чувствую любовную страсть. Ну, и... пырнетъ невзначай. А вы думаете какъ? придетъ да объявить вамъ:— я, дескать, въ такой-то часъ буду имѣть честь произвести вотъ то-то?

Онъ остановился и поглядѣлъ на меня довольно поблекшими, но еще веселыми глазами.

Я уже подробнѣе разсмотрѣлъ его. Это былъ человѣкъ лѣтъ за пятьдесятъ, должно быть, въ молодости красивый, вѣроятно, одинъ изъ тѣхъ нѣмцевъ, которые дѣлаются "ужасно" русскими, любятъ балагурить въ національномъ вкусѣ и держатся по барски. У него и голосъ похожъ былъ на голосъ какого-нибудь отставного военнаго, изъ гвардейскихъ адъютантовъ. Держался онъ солидно, не молодился, лѣтній свѣтлый костюмъ съ цвѣтной рубашкой сидѣлъ на немъ нѣсколько мѣшковато, но модно; во всемъ виднѣлась безукоризненная чистоплотность.

— Какія глупости, Иванъ Христіановичъ! замѣтила хозяйка.— Вы меня пугаете точно маленькую.

— Да ужь нечего, началъ онъ опять тѣмъ же тономъ.— Я очень радъ, что меня можетъ поддержать мужчина среднихъ лѣтъ — вы не обижаетесь? улыбнулся онъ въ мою сторону и продолжалъ, обращаясь къ хозяйкѣ: — балуете, нестерпимо балуете! Я бы вамъ сейчасъ маленькое наказаньице. Вы знаете какое? спросилъ онъ меня:— колышки подъ ногти. Такъ слегка, на нѣсколько секундъ...

— Да за что же, Иванъ Христіановичъ? вскричала Евгенія Дмитріевна.

— Да вотъ за баловство. Помилуйте, обратился онъ опять ко мнѣ:— пріѣзжаю намедни изъ городу, вхожу и что же вижу, на террасѣ, большой столъ и сидятъ все вотъ этакіе же джентльмэны, въ рубашкахъ...

— Да, разумѣется, въ рубашкахъ, перебила она.

— Да въ какихъ? Для меня, кто вздѣлъ на себя косой воротъ, охотничьи сапоги или блузу — тотъ у меня на счету. И уписываютъ они землянику со сливками, бисквиты, печенья разныя, а имъ бы просто: по куску папушника и по три папиросы на брата и сказать:— ну, теперь проваливайте!

Евгенія Дмитріевна сначала неопредѣленно улыбалась, а потомъ слегка нахмурилась.

— Не нравится? спросилъ онъ ее.

— Разумѣется, глупости. Вы думаете — что тутъ было? продолжала она въ мою въ сторону.— Просто пригласила я послѣ прогулки троихъ товарищей Чулкова. Ну, они, правда, проголодались. За то очень вкусно было смотрѣть, съ какимъ аппетитомъ они кушали.

— Кушали! ха, ха, ха!!! Позвольте ужь мнѣ выразиться настоящимъ словомъ: лопали-съ, а не кушали.

— Что это, Иванъ Христіановичъ!

— Я, кажется, просилъ позволенія выразиться не совсѣмъ салоннымъ словомъ?

— Аппетитъ — дѣло молодости, замѣтилъ я.

— Да развѣ я запрещаю имъ ѣсть? Ну, и пускай бы ихъ уписывали тамъ зразы и лапшу въ кухмистерской. Я вѣдь насчетъ нашей сердобольной Евгеніи Дмитріевны. Развѣ можно этакій народъ пускать къ себѣ? Вѣдь онъ вамъ окурки папиросъ въ сливки бросаетъ...

— Гдѣ вы это видѣли? живо вскричала она и даже покраснѣла.

— Я-то видѣлъ-съ, да и вы скоро будете имѣть удовольствіе.

— Я не знаю, заговорила она искреннѣе, чѣмъ бы я ожидалъ:— какъ это вамъ не надоѣстъ, Иванъ Христіановичъ, повторять все тѣ же прибаутки?

— Вотъ и изволили разсердиться. И за это надо маленькій колышекъ. Стоитъ, нечего сказать. Дайте срокъ. Уконтентуютъ они васъ.

— Да что жь они, подожгутъ что ли меня?

— И подожгутъ! Сильныхъ ощущеній желаете — будутъ вамъ сильныя ощущенія.

Балагуръ говорилъ все тѣмъ же прибауточнымъ тономъ, но у него прокрались и двѣ, три другія нотки. Хозяйка сидѣла съ раскраснѣвшимися щеками и была въ эту минуту такъ молода, что врядъ ли кто-нибудь далъ бы ей больше двадцати двухъ лѣтъ. Она уже не поражала меня тѣмъ равнодушнымъ спокойствіемъ, какое разлито было по всему ея существу въ первую нашу встрѣчу. Въ ея лицѣ было много игры.

— Такъ вы не здѣшній дачникъ? спросилъ я нѣмца, чтобы перемѣнить разговоръ.

— Сохрани меня Боже! Еслибы я одну такую рубашку съ косымъ воротомъ увидалъ, такъ у меня бы несвареніе желудка сдѣлалось.

Разговоръ былъ прерванъ визгомъ и радостнымъ лаемъ собачки. Мы всѣ обернулись. Левретка побѣжала къ калиткѣ, подпрыгивая и вертя хвостомъ.

— Кого это Богъ несетъ? спросилъ господинъ Шульцъ.

— Это — князь, сказала хозяйка и тотчасъ же привстала и оправила платье.

XX

Въ садикъ вошелъ высокій, очень полный баринъ съ огромной головой. Шляпу онъ несъ въ рукѣ, а другой обмахивалъ себѣ лицо. Голова была плотно острижена, и темные волосы росли на лбу клиномъ. Но бороду носилъ онъ окладистую, только слегка обстриженную. Густыя и широкія брови нѣсколько сдвигались; въ карихъ глазахъ, въ носу и въ выраженіи рта, съ крассными, толстоватыми губами было что-то увѣренное и слегка вызывающее. Еслибъ не полнота, ему нельзя было бы дать больше двадцати семи-восьми лѣтъ. Несмотря на жаръ, онъ былъ одѣтъ по зимнему — во все черное. Шелъ онъ грузно, издали кивая головой.

Хозяйка встрѣтила его на ступенькахъ террасы.

— Ну, жара! отдувался онъ, продолжая дѣйствовать платкомъ.— Думалъ, у васъ здѣсь больше воздуха, а выходитъ все тоже.

— Хотите чего-нибудь?.. Зельтерской воды? спрашивала она заботливо и нѣсколько инымъ тономъ, чѣмъ въ разговорѣ съ. нами.

— Давайте, давайте!

Онъ опустился въ соломенное качающееся кресло, подавъ руку господину Шульцу. Мнѣ онъ очень вѣжливо поклонился.

Евгенія Дмитріевна сама ушла распорядиться и не возвращалась нѣсколько минутъ.

— Сбираетесь за-границу? спросилъ новаго гостя обличитель рубашекъ съ косыми воротами.

— Да все задержки, отвѣчалъ тотъ небрежно. — Придется самому съѣздить въ деревню.

— Вы вѣдь здѣсь, кажется, по ученой части?

Князь усмѣхнулся и закачалъ свое кресло.

— Здѣсь я ничего, заговорилъ онъ и оглядывалъ насъ своими вызывающими карими глазами. — Мнѣ одной здѣшней зимы было совершенно достаточно, больше не желаю.

Я слушалъ и спрашивалъ себя: кто же могъ быть этотъ "князь", съ наружностью итальянскаго скульптора? И по фигурѣ своей, и по тону, онъ казался сытымъ, скучающимъ бариномъ.

Вернулась Евгенія Дмитріевна. Она не перемѣнила туалета, но что-то такое прибавила къ своей прическѣ и, кажется, надѣла другія туфли. Она меня не познакомила съ княземъ, вѣроятно, по разсѣянности.

— Сейчасъ будетъ вамъ вода, ласково заговорила она. — Здѣсь прохладно, авось отдышетесь.

— Я и не жалуюсь, здѣсь очень хорошо. Ну, какъ ваше пѣніе?

— Лѣнюсь.

— Почему такъ?

— Жарко. Лѣнь все эти солфеджіи выдѣлывать. Да, право, мнѣ кажется, и поздно ужь...

— Что поздно? рѣзче прервалъ онъ.

— Въ мои лѣта пѣвицей ужь не будешь.

— Кто это вамъ сказалъ?

Онъ завозился въ своемъ креслѣ и сталъ очень сильно его раскачивать.

— Ну, я не хочу съ вами спорить.

— Не то, что со мной? сказалъ нѣмецъ, обращаясь больше къ князю. — Мы вотъ сейчасъ съ Евгеніей Дмитріевной какой споръ затѣяли.

— Объ чемъ? весело спросилъ князь.

— Евгенія Дмитріевна изволитъ прикармливать разныхъ здѣшнихъ студіозусовъ, а я ей докладываю, что никакъ этого не слѣдуетъ дѣлать, что съ этимъ народомъ надо имѣть опаску, а то сейчасъ и — чикъ!

— Ха-ха-ха! засмѣялся князь жирнымъ, молодымъ смѣхомъ.

— Какія глупости все говоритъ Иванъ Христіановичъ, сказала съ гримасой хозяйка. — Вотъ вы, князь, ученый человѣкъ, можетъ быть, сами будете профессоромъ; развѣ можно такъ относиться къ молодежи?

— Не знаю, откликнулся онъ, продолжая качаться въ креслѣ. — Я въ этомъ дѣлѣ не судья.

— Почему же? спокойнѣе спросила она.

— Да видите ли... ни ругать я не стану, да и защищать тоже... Пускай сами за себя говорятъ.

— Вотъ, обратилась она въ мою сторону: — какъ нынче все строго. Князь, кажется, человѣкъ добрый и мягкій, а у него съ молодыми людьми тоже нѣтъ ладу.

— Вы почему же такъ думаете? рѣзко спросилъ онъ и вдругъ всталъ съ креселъ и началъ ходить по террасѣ. — Мнѣ кажется, еслибъ я имѣлъ каѳедру или вообще долженъ былъ возиться съ молодежью, я бы умѣлъ съ ними поладить. Но это меня, признаюсь, не прельщаетъ. Надо непремѣнно подлаживаться. Вотъ тотъ юноша, какъ-бишь его фамилія — что у васъ бываетъ...

— Да они цѣлыми партіями у Евгеніи Дмитріевны бываютъ, перебилъ господинъ Шульцъ.

— Онъ — способный юноша, любитъ стихи; это хорошо, я это хвалю въ техникѣ. Только вы, Евгенія Дмитріевна, голову ему кружите.

— Съ какой же стати!

Она сказала это почти съ досадою.

58

— Впрочемъ, сказалъ князь, расхаживая по террасѣ: — теперь время вакаціонное, пускай пострадаетъ. Это школа хорошая, особенно для нынѣшнихъ студентовъ.

— Что вы, что вы, князь! перебилъ опять господинъ Шульцъ. — Вѣдь этакъ къ Евгеніи Дмитріевнѣ совсѣмъ нельзя будетъ ѣздить въ гости.

— Для этого можно особые дни назначить! разсмѣялся князь.

Франтоватая молодая горничная принесла столикъ и поставила на немъ большой хрустальный кувшинъ съ какимъ-то питьемъ. Князь осушилъ два стакана и сѣлъ опять качаться въ кресло.

— Вы намъ ничего не пропоете? спросилъ онъ.

Хозяйка сначала не отвѣтила, а потомъ, пройдясь но террасѣ, сказала на порогѣ балконной двери:

— Извольте. Нечего дѣлать, пусть будетъ по вашему.

Она пошла въ гостинную. Мы примолкли, собираясь слушать.

— Замѣчательный контр-альто, обратился ко мнѣ князь вполголоса: — но лѣнь россійская!

Она взяла нѣсколько аккордовъ. Играла она плоховато; но умѣла себѣ аккомпанировать. При первыхъ звукахъ ея голоса, князь закрылъ глаза и сталъ полегонечку покачиваться въ креслахъ. Голосъ былъ славный: обширный, бархатный, еще очень молодой, дополнявшій впечатлѣніе этой роскошной женщины. Пѣла она, какъ любительница.

Князь раскрылъ глаза и громко спросилъ меня:

— Каково? а?

Я согласился съ нимъ движеніемъ головы.

— Но школы — никакой и экспрессія хромаетъ.

Она запѣла второй куплетъ. Экспрессіи, дѣйствительно, не было; но нетолько экспрессіи, а даже и простой женской теплоты. Она пѣла не сухо, но голосъ ея производилъ какую-то прохладу. Въ немъ именно сказывалось то, что эта женщина не была еще тронута страстью. Звукъ его былъ также красивъ, какъ и вся она; но онъ не говорилъ о внутренней тревогѣ, не убаюкивалъ васъ лаской и не призывалъ къ беззавѣтной любви...

— Ей бы, проговорилъ вполголоса господинъ Шульцъ:— надо теперь въ Италію.

— А я что повторяю?! вскричалъ князь.

— Убѣдите. Она васъ больше слушается, чѣмъ нашего брата.

— Довольно? спросила вдругъ Евгенія Дмитріевна, показываясь въ дверяхъ.

Князь похлопалъ своими бѣлыми, пухлыми руками.

— Нѣтъ-съ, не довольно. Ужъ если вы солфеджіи не работаете, такъ, по крайней мѣрѣ, на романсы не скупитесь.

Она опять послушалась. Запѣла она какой-то романсъ Глинки; я его давно слышалъ, еще чуть ли не студентомъ. Голосъ точно согрѣлся немного, она больше чувствовала то, что пѣла; но все-таки звуки отзывались красивымъ холодомъ. Да, этакая женщина могла зѣвать при чтеніи Байрона и влюбленный студентъ едва ли привлечетъ ее строфами изъ Альфреда Мюссе!..

Напротивъ меня покачивался князь, опять зажмуривая глаза. Ротъ его слегка раскрылся и онъ такъ и оставался съ улыбкой до конца пѣнія. Я не могъ въ эту минуту рѣшить для самого себя, нравится ли онъ мнѣ или нѣтъ? Не могъ я также опредѣлить сразу, какія отношенія существуютъ между этимъ бариномъ и Евгеніей Дмитріевной. Несомнѣнно было только то, что онъ баринъ образованный, даже, можетъ быть, ученый. Совершенно такихъ мнѣ не удавалось встрѣчать.

Между этимъ бариномъ и обрусѣлымъ московскимъ нѣмцемъ врядъ ли было много общаго въ образованіи; но они какъ-то подходили другъ къ другу, по крайней мѣрѣ, тутъ, въ этой обстановкѣ.

Пѣніе прекратилось. Хозяйка пришла къ намъ на балконъ. Она въ присутствіи князя держала себя гораздо моложе и моложавѣе. Видно было, что этотъ человѣкъ представляется ей совсѣмъ не такимъ, какъ остальные мужчины.

— Поживите у насъ, сказала она ему.— За-границу еще успѣете.

— Ну, ужь нѣтъ-съ, отозвался онъ, беря ее за руку и насмѣшливо глядя на нее своими свѣтло-карими красивыми глазами немного на выкатѣ. — А вы бы вотъ лучше сами проѣхались, чѣмъ коптѣть здѣсь.

— Можетъ, и поѣду, чуть слышно сказала она.

— Вотъ бы втроемъ, вмѣшался нѣмецъ. — Я кстати собираюсь на воды. Сначала бы пожили въ Германіи, а тамъ на морскія купанья, а потомъ — въ Парижъ, а къ осени — въ Италію.

Она сидѣла рядомъ съ качающимся кресломъ князя, откинулась на спинку стула и полузакрыла глаза. Навѣрно, она мечтала, унеслась, быть можетъ, въ воображеніи куда-нибудь на итальянскія озера или въ Сорренто, на берегъ синяго залива.

— Парижъ-то, небось, любите? спросилъ господинъ Шульцъ и подмигнулъ правымъ глазомъ.

— Не очень, отозвалась Евгенія Дмитріевна. — Вѣдь это вамъ, господа, онъ пріятнѣе всего.

— Скажите, пожалуйста! возразилъ господинъ Шульцъ. — А гдѣ же вы туалеты-то ваши изволите заказывать?

— Гдѣ придется. По моему, въ вашемъ Парижѣ ничего нѣтъ, кромѣ... гадостей всякихъ.

Она сдѣлала движеніе губами.

Князь расхохотался.

— Охъ, какъ строго! закричалъ онъ. — Будто бы ужь ничего, кромѣ гадостей, тамъ и нѣтъ?

— Не знаю, сказала она менѣе увѣреннымъ тономъ: — вы вотъ, можетъ быть, и за другимъ ѣздите. Вы человѣкъ ученый...

— Полноте, Евгенія Дмитріевна! перебилъ князь и всталъ опять съ креселъ. — Зачѣмъ вы меня все допекаете моей ученостью? Какой же я ученый?

— Какъ же? возразила она. — У васъ степень есть... или какъ это называется? дипломъ...

— Заграничный-съ, заграничный, добавилъ со смѣхомъ князь: — дипломъ этотъ здѣсь ничего не значитъ. Мнѣ пришлось бы атестатъ зрѣлости брать въ Россіи, обратился онъ къ намъ обоимъ.

— Это какъ? спросилъ господинъ Шульцъ.

— Очень просто. Я экзаменовъ никакихъ въ Россіи не держалъ, былъ только слушателемъ.

Разговоръ становился тягучимъ. Кажется, Евгеніи Дмитріевнѣ не очень было пріятно присутствіе нѣмца. Князь велъ себя такъ, что трудно было догадаться, желаетъ онъ пересидѣть остальныхъ гостей, или ему все равно. Онъ то ходилъ, то садился въ кресло и качался, наливалъ себѣ питья и поглядывалъ на всѣхъ насъ скорѣе насмѣшливо, чѣмъ ласково. Ни въ немъ, ни въ нѣмцѣ я не заподозрилъ близкаго пріятеля хозяйки или чего-нибудь въ родѣ покровителя. Князь, дѣйствительно, интересовался голосомъ Евгеніи Дмитріевны. Въ немъ довольно ярко сказывался русскій любитель поощрять начинающихъ и тайное убѣжденіе въ томъ, что у нихъ самый тонкій, художественный вкусъ.

Хозяйка приказала подать намъ на террассу чай и ягоды со сливками. Мы только-что было разсѣлись за столъ, какъ залаяла собачка и побѣжала къ калиткѣ.

XXI

— Кого Богъ несетъ? спросилъ опять господинъ Шульцъ, наклоняясь къ Евгеніи Дмитріевнѣ.

На дорожкѣ показался Чулковъ въ своей соломенной шляпѣ и сѣромъ сюртучкѣ. Онъ издали раскланялся и быстро взбѣжалъ по ступенькамъ террасы.

— Не ожидали? вскричалъ онъ, останавливаясь на послѣдней ступенькѣ.

Онъ оглянулъ всѣхъ гостей и чуть замѣтно затуманился.

— Вѣдь вы до среды хотѣли? спросила его Евгенія Дмитріевна.

— Позвольте присѣсть... Я пѣшкомъ изъ Бутырокъ. Вы у меня были? обратился онъ въ мою сторону.— Извините, что заставилъ пройтись понапрасну. Да я и самъ попусту проѣхался. Думалъ одно дѣло устроить, да никого не засталъ...

И господинъ Шульцъ, и князь поглядывали на хозяйку въ то время, какъ говорилъ Чулковъ. Нѣмецъ взглянулъ и на меня, какъ бы желая сказать: "вы видите, какъ она этихъ мальчишекъ избаловала".

Евгенія Дмитріевна налила Чулкову чаю и слушала его благосклонно, но совсѣмъ не такъ, какъ князя. И студентъ не могъ не замѣчать этого. Онъ не обращался ни къ одному изъ гостей. Въ господинѣ Шульцѣ онъ, вѣроятно, уже распозналъ обличителя своихъ товарищей, а къ князю у него у самого врядъ ли могли быть хорошія чувства.

— Сколько у васъ ныньче кончило курсъ? спросилъ его нѣмецъ полунасмѣшливымъ тономъ.

— Тридцать человѣкъ, отвѣтилъ Чулковъ небрежно, но безъ раздраженія.

— Будто бы?

— Что-жь это васъ удивляетъ?

— Да вѣдь вы знаете, сообщилъ мнѣ нѣмецъ: — у нихъ такой кандидатъ кончилъ курсъ — два милліона стоилъ казнѣ!

— Эту побасенку надо бы обновить, Иванъ Христіановичъ сказалъ Чулковъ:— она ужь очень позапылилась.

Хозяйка поглядѣла на студента, какъ бы приглашая его быть посдержаннѣе.

— Ну, вотъ теперь и еще намъ что-нибудь пропойте, обратился князь въ ея сторону и съ шумомъ отодвинулъ свой стулъ.

— Послѣ сливокъ съ ягодами? оговорилась она.

— Ничего, ничего, надо во всякое время быть готовой, тогда только и будетъ изъ васъ артистка.

Она и на этотъ разъ повиновалась. Мы всѣ встали; князь ушелъ съ ней въ гостинную, господинъ Шульцъ закурилъ сигару и сталъ прохаживаться въ одномъ углу террасы.

— Пойдемте туда, вполголоса позвалъ меня студентъ, указывая головой на то мѣсто, гдѣ стояла скамейка подъ деревьями.

Мы спустились и обошли сначала весь садикъ. Чулковъ курилъ и то и дѣло сдувалъ пепелъ съ папиросы.

— Вы какъ попали сюда? спросилъ онъ нѣсколько нервно, но добродушно.

Я ему разсказалъ.

— Ну, и прекрасно. Вотъ видите, какой народъ бываетъ у Евгеніи Дмитріевны, продолжалъ онъ нѣсколько потише.— Этакій экземплярчикъ, какъ Иванъ Кристіановичъ Шульцъ...

— А князь?

— Князь! вырвалось у Чулкова.— Бездушный жуиръ и ничего больше.

— Онъ, кажется, изъ ученыхъ?

— Не знаю. Можетъ быть, и ученый. Гдѣ-то тамъ за границей степень доктора взялъ. Да дѣло развѣ въ этомъ? Вы посмотрите, какой въ немъ барскій скептицизмъ. На насъ онъ смотритъ врядъ ли лучше, чѣмъ герръ Шульцъ. Пробовалъ я съ нимъ бесѣдовать — куда! Все шуточками отдѣлывается. Да мнѣ пускай его. Еслибъ только такой человѣкъ имѣлъ порядочное вліяніе...

Чулковъ не договорилъ. Мы подходили къ скамейкѣ.

— Присядемте, сказалъ онъ. Изъ дому доносилось пѣніе Евгеніи Дмитріевны.

— Голосъ хорошій, продолжалъ Чулковъ: — спору нѣтъ. Но если ужъ быть артисткой, такъ надо все съ себя стряхнуть, отдаться цѣликомъ, переродиться совсѣмъ. Такъ, или нѣтъ?

Я не сталъ ему возражать.

— А онъ что дѣлаетъ? продолжалъ Чулковъ и злобно поглядѣлъ на террасу.— Онъ только тщеславіе щекочетъ. Она для него — ничего. Онъ и влюбиться-то неспособенъ, вотъ такъ, какъ первый попавшійся гусаръ. Онъ только и заботиться, что о своей утробѣ. А между тѣмъ подзадориваетъ, мецената изъ себя корчитъ, совѣты даетъ!

— Ого, какъ вы!.. началъ-было я.

— Нѣтъ ничего хуже такихъ людей, перебилъ онъ меня и всталъ со скамейки.— Что они такое изображаютъ собою? Ни крѣпостникъ, ни либералъ; ни наукѣ онъ не преданъ какъ слѣдуетъ, ни на увлеченіе не способенъ! А вѣдь онъ меня много-много на пять, на шесть лѣтъ старше.

Чулковъ подошелъ ко мнѣ и положилъ мнѣ одну руку на плечо.

— Вы — человѣкъ душевный. Не дадимъ мы всѣмъ этимъ развратникамъ, всему этому воронью въ добычу такую женщину, какъ Евгенія Дмитріевна. Составимте союзъ: вы, вашъ пріятель-профессоръ; надо вотъ непремѣнно на этой же недѣлѣ закатиться въ лѣсъ или пѣшкомъ туда, за Владыкино, пускай она побудетъ цѣлый день съ хорошими людьми. Тутъ не можетъ быть никакого добра.

Онъ еще разъ обернулся къ террасѣ и бросилъ туда гнѣвный взглядъ.

Я не сталъ его успокоивать. Пѣніе вскорѣ прекратилось. Гости Евгеніи Дмитріевны, вѣроятно, не особенно были довольны тѣмъ, что имъ приходилось высиживать другъ друга. Мы съ Чулковымъ поднялись на террасу въ ту минуту, когда два другіе гостя показались въ дверяхъ гостиной.

— Видите? шепнулъ мнѣ Чулковъ:— какія двѣ фигуры!

— Фигуры характерныя, сказалъ я.

— Не скоро ихъ сплавишь! вырвалось у него.— Пойдемте поскорѣй къ Евгеніи Дмитріевнѣ, условимся насчетъ дня, когда устроить прогулку.

Мы нашли Евгенію Дмитріевну у піанино; она складывала ноты.

— Вотъ Павелъ Иванычъ спрашиваетъ, указалъ Чулковъ на меня:— когда пикникъ?

— Какой пикникъ? нѣсколько удивленно спросила она.

— Ну, прогулочку простую, подальше, за Владыкино. Мы васъ хотимъ съ Павломъ Иванычемъ похитить на цѣлый день.

— Пѣшкомъ?

— А то какъ же? Только позвольте ужь въ своей компаніи, безъ покровителей искуствъ, прибавилъ онъ, покосившись на террасу.

— Они васъ безпокоятъ? сказала она ему, улыбнувшись.

— Имъ нашъ братъ противенъ. Я бы пригласилъ еще двоихъ-троихъ, да вы, пожалуй, испугаетесь.

— Это почему? построже спросила она.

— Ну, не сердитесь. Будетъ вотъ Павелъ Иванычъ, да еще одинъ его пріятель, профессоръ — веселый человѣкъ, спеціально изучаетъ женскую красоту... Васъ ужь давно замѣтилъ.

— Хорошо, хорошо, остановила она его и, протягивая мнѣ руку, сказала: — пожалуйста, не забывайте меня. Когда же мы пойдемъ?

Мы условились отправиться, если будетъ хорошая погода, черезъ день. Я сталъ откланиваться. Хозяйка не особенно удерживала меня.

— Куда вы? шепнулъ мнѣ Чулковъ.— Посидѣли бы. А то эти идолы не скоро еще уберутся.

— Да вы ихъ пересидите? спросилъ я.

— Разумѣется, пересижу. И онъ тихо разсмѣялся.

Князь и господинъ Шульцъ послали мнѣ издали по поклону, Евгенія Дмитріевна проводила меня до калитки. Чулковъ за нами не пошелъ.

— Вамъ, кажется, мои гости не очень понравились? спросила она, когда я уже брался за дверцу калитки.

— Князь — интересный человѣкъ.

— Да, очень, живо подтвердила она.— Но отчего же вы не хотѣли возражать Ивану Христіановичу?

— Пускай его!

— Вотъ вы какой осторожный.

— А часто этотъ Иванъ Христіановичъ заставляетъ васъ выслушивать свои нравоученія?

— Частенько. Да вѣдь не выгнать же его!

Она засмѣялась и откинула немного голову назадъ.

— Но вы видите, поспѣшно прибавила она:— что князь совсѣмъ не такой. Онъ только представляется... но онъ съ душой.

Мы еще разъ пожали другъ другу руку. Кажется, этой женщинѣ со мною легко. Мы хоть и мало говорили, но тонъ у насъ установился почти пріятельскій.

XXII

Отъ перекрестка около фермы идетъ къ полотну желѣзной дороги шоссе, обставленное двумя аллеями молодыхъ лиственницъ. По одной изъ этихъ аллей шли мы двумя парами. Впереди Вороіуевъ съ Евгеніей Дмитріевной, позади я и Чулковъ. Онъ несъ небольшую складную корзинку съ кой-какой провизіей. День стоялъ немножко облачный, идти было легко. Отъ лиственницъ доносился тонкій, смолистый запахъ; узкая аллея манила впередъ своимъ зеленымъ сводомъ. Мы рѣшили сдѣлать привалъ во Владыкинѣ, а тамъ пуститься дальше и вернуться домой къ закату.

Ворокуевъ сейчасъ же овладѣлъ Евгеніей Дмитріевной, предложилъ ей руку и очень скорыми шагами повелъ ее изъ парка, гдѣ мы всѣ встрѣтились, къ аллеѣ лиственницъ. Когда онъ съ ней знакомился, у него было презабавное лицо: онъ то выпячивалъ губы, то сжималъ ихъ и потиралъ себѣ затылокъ лѣвой рукой. Намъ не слышно было, о чемъ они говорятъ, но, судя по жестикуляціи Ворокуева, разговоръ завязался живой.

— Пускай его поизучить линіи, весело заговорилъ Чулковъ:— даже курьёзно будетъ узнать, останется ли вашъ пріятель просто эстетикомъ или его заберетъ!..

Посрединѣ аллеи передняя пара сдѣлала маленькую остановку, на скамейкѣ противъ пруда. Мы подошли къ нимъ.

— Знаете что, батенька, крикнулъ мнѣ Ворокуевъ:— въ первый разъ я вижу такую искренность въ женщинѣ.

— Въ комъ это? подхватилъ Чулковъ.

— Да вотъ въ Евгеніи Дмитріевнѣ. Замѣчательно просто! Вотъ ужъ рисовки-то никакой нѣтъ. Прямо такъ и говоритъ: вотъ это молъ я понимаю, а вотъ это не знаю, что такое.

Она сидѣла на скамейкѣ, подъ зонтикомъ, въ большой соломенной шляпѣ — совсѣмъ на маковкѣ. Волосы, слегка взбитые вокругъ лба, выступали на фонѣ чернаго бархата, которымъ покрытъ былъ широкій бортъ шляпы. Она надѣла тоже голубое платье, въ которомъ я увидалъ ее въ первый разъ въ лодкѣ, съ вырѣзомъ на груди и полуоткрытыми руками. На слова Ворокуева она улыбнулась, но ничего не сказала.

— Вамъ это свойство правится, профессоръ? спросилъ Чулковъ, поглядывая на Евгенію Дмитріевну.

— Въ необыкновенномъ развитіи они! Нетронутая натура!

— Да, нетронутая, подхватилъ Чулковъ.— А вотъ какъ это объяснить, что Евгенія Дмятріевна на поэзію совсѣмъ не откликается?

— Это вы самому себѣ приговоръ читаете, возразилъ Ворокуевъ, прищурившись на Чулкова.— Не умѣете, значитъ, настоящихъ звуковъ извлечь.

— Полноте, что объ этомъ спорить! сказала Евгенія Дмитріевна, вставая.— Пойдемте.

И она опять взяла руку Ворокуева.

— Скоро разглядѣлъ, заговорилъ со мною Чулковъ, кивая головой.

Все его лицо дышало, въ эту минуту, распускающимся, вѣрующимъ чувствомъ. Онъ и любовался на фигуру красавицы, и спрашивалъ меня глазами, понимаю ли я ея обаятельность, и перебѣгалъ взглядомъ къ этому чудаку, оцѣнившему ее такъ скоро. И надежды, и тщеславіе, и желаніе борьбы, и увлеченіе блистательнымъ женскимъ образомъ — все это сказывалось въ игрѣ физіономіи моего спутника.

Мы дошли до моста, подъ которымъ проходить полотно желѣзной дороги.

— Батюшка! какъ пить захотѣлось! вскрикнулъ Чулковъ.

Мы были уже на мосту. Направо виднѣлась сторожка, налѣво, у самаго полотна, двѣ платформы.

— У меня тугъ есть старуха знакомая, жена сторожа... Мы мигомъ успѣемъ догнать тѣхъ...

Онъ придержалъ меня крѣпче за руку, и мы скорымъ шагомъ спустились къ сторожкѣ.

— Тетенька, а тетенька! окликнулъ Чулковъ, подойдя къ окошку.

Изъ-за угла, откуда виднѣлись березки дворика, вышла старуха, повязанная платкомъ, въ темномъ ситцевомъ капотѣ и съ сигнальной палкой въ рукахъ.

— Здравствуй, тетка!.. крикнулъ ей Чулковъ.— Квасокъ есть?

— Нѣту, батюшка, протянула она:— какой у насъ квасъ... водицы развѣ?

— Ну, водицы тащи!..

Старуха суетливо поворотила назадъ.

— Храбрая тетка-то, сообщилъ мнѣ Чулковъ:— на нее жулики напали по веснѣ, ночью, такъ она одна, безъ мужа, съ ними справилась...

— Водица-то не больно студена, послышался голосъ старухи. Она принесла желѣзный ковшъ. Чулковъ жадно опустилъ туда все лицо и началъ пить. Мнѣ нравилось, что франтоватость не мѣшала ему вести себя, какъ простому малому, умѣющему примѣняться ко всякому люду и ко всякой обстановкѣ.

— Не хотите? окликнулъ онъ меня.

Напился и я. Старуха, указывая мнѣ на Чулкова, спросила:

— Сродственникъ будете Сергѣю Петровичу?

— Старшій брать, тетка, крикнулъ Чулковъ.— Я вотъ разсказывалъ ему, какъ ты жуликовъ-то отработала.

— Отработала, батюшка, отработала... Будутъ помнить.

Чулковъ сунулъ ей что-то въ руку. Она было не хотѣла брать.

— За безпокойство! кинулъ онъ.

Старуха долго благодарила намъ вслѣдъ. Мы ускорили шагъ. Передняя пара уже начала уходить въ мелкіе кусты по дорогѣ во Владыкино.

— Павелъ Иванычъ, спросилъ меня Чулковъ, не замедляя шага:— вы къ народу какъ относитесь? сверху внизъ, или снизу вверхъ?

— Ни такъ, ни этакъ, отвѣтилъ я.

— Вотъ и я тоже. И за это не мало мнѣ заушеній приходилось отъ своего брата студента... Я имъ толкую. Господа, это непослѣдовательно, вы смотрите на себя, какъ на соль земли, а чуть дѣло дойдетъ до народа, вы сейчасъ обзываете интеллигенцію гнилой, никуда негодной! А вы-то сами во что же готовитесь?.. Я люблю народъ... и лажу съ нимъ.. Старуха ли вотъ такая, или паренекъ-разнощикъ, фабричный, мужикъ за сохой — я ко всякому человѣку подойду, какъ слѣдуетъ...

— И думаете, что онъ къ вамъ относится съ довѣріемъ? спросилъ я.

— А мнѣ какое до этого дѣло? Вѣритъ онъ мнѣ или нѣтъ — это его дѣло, а не мое. Я знаю, что я его ни надувать, ни обдирать не стану, да и не могу. Тѣмъ хуже для него, а не для меня. Но зачѣмъ же я учусь, въ лабораторіяхъ всякую штуку нюхаю и растираю, неужели затѣмъ, чтобы на все это наплевать потомъ и обозвать себя гнилой интеллигенціей? Никогда!..

Онъ остановилъ меня рукой и, съ раскраснѣвшимися щеками, поглядѣлъ мнѣ прямо въ лицо.

— А много разсуждаютъ по вашему?

— Есть; да изъ тѣхъ проку-то мало будетъ. Это будущіе чинуши, таксаторы, лѣсничіе и агрономы хищническаго типа... Теперь онъ еще не смѣетъ презирать сермягу... а посмотрите-ка на него, лѣтъ черезъ пятокъ, когда онъ будетъ подмахивать "старшій таксаторъ". А вотъ хорошіе-то ребята... тѣ въ слюняйство впадаютъ, какъ выражается вашъ пріятель, профессоръ Ворокуевъ!

Онъ громко разсмѣялся и началъ меня подталкивать. Мы вошли въ кусты. Передняя пара совсѣмъ скрылась!

— Въ прятышки съ нами играютъ!.. Хорошій ходокъ профессоръ-то, указалъ Чулковъ рукой:— какъ Евгенію Дмитріевну подтянулъ... А она ходить небольшая охотница.

Мы скоро миновали кустарникъ и на спускѣ къ Владыкину, у церкви, догнали ихъ. Ворокуевъ, ведя подъ руку свою даму, то и дѣло глядѣлъ ей въ лицо. Это не укрылось отъ Чулкова.

— Какъ изучаетъ-то! заговорилъ онъ, но безъ всякой тревожности.— А вы какъ смотрите на вашего коллегу: онъ дѣйствительно эстетикъ, или просто любитель женскаго пола?

— Прежде не былъ, не знаю какъ теперь.

— Ну, ужъ я какое угодно готовъ держать пари, что Евгенія Дмитріевна воздѣйствуетъ и на него.

— Вамъ не опасно? спросилъ я, пристально поглядѣвъ на Чулкова.

— Чтожь вы меня, за какого хлыща считаете!.. Нѣтъ, такой спеціалистъ, даромъ, что у него носъ красный и голова съ плѣшью, можетъ очень и очень заинтересовать женщину. Евгенію Дмитріевну слѣдуетъ съ такими людьми знакомить!.. Онъ ее и самъ-то отлично изучитъ, да и ея нервную систему приподниметъ... Мозговая работа заразительна, такъ ли я говорю?

— Будто бы заразительнѣе сердечной?..

Чулковъ не много задумался и даже остановился.

— Сердечной! повторилъ онъ. Видно, есть такія натуры... До сердца, до страсти вы не доберетесь, пока не заставите голову по другому работать... Однако, мы все отстаемъ... Я имъ крикну.

Онъ передалъ мнѣ свою ношу, приложилъ обѣ ладони ко рту и крикнулъ:

— Сто-опъ!..

Пара обернулась и застыла на мѣстѣ. Евгенія Дмитріевна замахала платкомъ. Ворокуевъ снялъ шляпу и тоже сталъ махать ею.

Мы подошли. Дорога спускается тутъ круто подъ гору, къ рѣкѣ.

— Устали? спросилъ я Евгенію Дмитріевну.

— Нѣтъ, здѣсь мы не будемъ отдыхать, а немного дальше...

— Какъ аппетитъ? освѣдомился Чулковъ.

— Ѣсть еще не хочется...

— Все разговорами занимались?

Чулковъ при этомъ поглядѣлъ на Ворокуева.

— Да-съ, оттянулъ тотъ и улыбнулся во весь свой широкій ротъ. — Евгенія Дмитріевна — собесѣдница рѣдкая... И такъ все ново, просто, я изумляюсь.

— Натура! крикнулъ Чулковъ.

— Все одно и тоже слово повторяете, замѣтила ему она съ легкой гримаской.

— Одно, да настоящее, защитилъ себя Чулковъ.

Переговариваясь, мы шли подъ гору, оставили съ боку мельницу съ плотиной и поднялись на пригорокъ, ведущій къ деревенскому порядку. Сверху, мы полюбовались на видъ. Въ лощинѣ, у подъема, около мазанки и палатки краснѣли рейтузы гусаръ. Три солдата хлопотали около чего-то, лѣвѣе шли купальни, рѣчка дѣлала нѣсколько извивовъ, на самомъ верху противоположнаго берега дачи прятались, правѣе — въ палисадники, лѣвѣе — въ стройный березовый лѣсокъ.

Чрезъ рѣчку проходили мы по мосткамъ, гуськомъ. Ворокуевъ все норовилъ поддержать свою даму подъ локотокъ. Чулковъ шелъ послѣднимъ. Перебравшись на ту сторону, мы стали взбираться по крутой тропинкѣ. Наверху еще постояли и поглядѣли на общій видъ села съ его обрывами, извилистой рѣчкой, избами и дачами. Солнце грѣло, высвободившись совсѣмъ изъ хлопчатыхъ тучекъ. Игриво и весело смотрѣлъ ландшафтъ. Раздалось женское пѣніе, и цѣлая партія фабричныхъ бабъ и дѣвокъ показалась изъ лѣска. Онѣ шли обѣдать.

— Какъ онѣ ужасно визжатъ! замѣтила Евгенія Дмитріевна.

— Привлекаютъ мужской полъ, рѣшилъ Ворокуевъ.

Красные платки и розовыя рубашки бабъ и дѣвокъ превращали издали всю ихъ группу въ яркое, пестрое, движущееся пятно. Впереди шли двѣ молодыя дѣвки запѣвалами.

— Вотъ видите, шепнулъ мнѣ Чулковъ: — народнаго чувства у ней еще никакого нѣтъ, а добрая душа... Это для нея какія-то дикарки съ Фиджійскихъ Острововъ.

Евгенія Дмитріевна еще прислушалась и, подавая руку Ворокуеву, сказала:

— Довольно дарового концерта.

Мы опять остались въ аррьергардѣ. Путь нашъ лежалъ по березовому лѣску, а потомъ по полю.

— Вотъ что, Павелъ Ивановичъ, пріятельскимъ тономъ заговорилъ Чулковъ: — надо привалъ сдѣлать вонъ тамъ... видите стога сѣна стоятъ. Вамъ пора Евгенію Дмитріевну на хорошій разговоръ вызвать, благо она ныньче разговорилась... Профессоръ достаточно побесѣдовалъ. Она навѣрно захочетъ отдохнуть.

Передовая пара стала замедлять шагъ.

— Видите, указалъ Чулковъ:— ужъ не тотъ у нихъ темпъ; поровняемтесь съ ними.

Стога только что скошеннаго сѣна стояли въ двухъ шагахъ отъ дороги. Они приглашали отдохнуть въ проходѣ, гдѣ — тѣнь и славный запахъ.

Чулковъ предложилъ Евгеніи Дмитріевнѣ сдѣлать привалъ и очень ловко отвелъ Ворокуева къ сторонѣ, затѣявъ съ нимъ какой-то споръ.

Мы очутились одни съ Евгеніей Дмитріевной на скошенной травѣ въ проходѣ между двумя стогами.

XXIII

Она раскраснѣлась, сняла шляпку, опустилась на траву и немного даже прилегла, упершись спиной о стоги. Ей опять нельзя было дать больше двадцати четырехъ лѣтъ.

"Юноша хитеръ, подумалъ я:— заставляетъ меня сондировать предметъ своей любви, надоѣдать ей; а потомъ воспользуется минутой..."

Но я это подумалъ простодушно, у меня не было ни малѣйшаго желанія портить дѣла Чулкова.

— Ахъ, какой вашъ пріятель!.. вырвалось у Евгеніи Дмитріевны.

— А что?

— Чудакъ!.. Я такого не видала еще.

— Нравится вамъ?

— Чудной!.. Только онъ хитритъ... все такой же мужчинка...

— Какъ вы сказали? переспросилъ я.

— Мужчинка!.. Притворяется, что ему дорога одна красота... идеальная... какъ бы не такъ... Повѣрила я!..

Этотъ возгласъ выходилъ изъ ея обыкновеннаго тона. Даже звукъ голоса былъ иной.

Я поглядѣлъ на нее.

— Почему же такое недовѣріе? спросилъ я.

— Сказать вамъ, почему?.. Въ другой разъ я бы не сказала... а сегодня я что-то болтлива — потому что мужчинамъ ничего не нужно, кромѣ вотъ этихъ линій... какъ вашъ пріятель называетъ!.. *Линіи!..*

Она разсмѣялась, приложилась головой къ стогу, нюхнула, а потомъ вдохнула въ себя широкую струю воздуха.

— *Линій!..* снова вскричала она.— Слово-то какое выдумали... совсѣмъ не *линіи...* а я знаю что...

— Скажите...

— И скажу: *тѣло,* а не *линіи...* вотъ что вамъ всѣмъ нужно!

— Отчего же всѣмъ?

— Ладно!..

Это слово "ладно" зазвучало совершенно простой, даже вульгарной нотой... Я поглядѣлъ на Евгенію Дмитріевну, и лицо ея, по выраженію, показалось мнѣ болѣе "простонароднымъ", чѣмъ до того... Въ первый разъ всплылъ у меня въ головѣ вопросъ: "да изъ какихъ же она?"

— Вы такъ понимаете мужчинъ?

— А то какъ же понимать ихъ?

Лицо ея быстро измѣнило мину. Оно стало блѣднѣе, рѣсницы опустились, голова немного поникла.

— Вы серьёзно? сказалъ я, нарушая паузу, протянувшуюся нѣсколько секундъ.

— Вы не обидитесь, начала она и совсѣмъ легла на траву, уперевъ голову на ладони и поднявъ на меня глаза:— вы не *такіе,* какъ *другіе...* по крайней мѣрѣ, на меня не такъ смотрите... Но вотъ что я вамъ скажу... гадки мнѣ всѣ... до сихъ поръ ни могу я отъ этого отдѣлаться...

И она брезгливо повела губами.

— Гадки? переспросилъ я.

— Да, гадки... Звѣри, развратники, хуже собакъ!..

Глаза ея опять скрылись за рѣсницами... Она чувствовала внутреннее смущеніе, и краска стала пробираться подъ кожу.

— Придвиньтесь, я вамъ что про себя... Такой ужь нынче день... Вашъ пріятель меня раззадорилъ со своими *линіями!*

Я придвинулся. Она начала говорить тише и глуше.

— Вы думаете, я какихъ лѣтъ узнала, что такое мужчины?.. Пятнадцати… по шестнадцатому году испытала… всю сладость… что значитъ понравиться какому-нибудь… мальчугану… только изъ такихъ…

Она подняла голову и поглядѣла-вверхъ…

— Изъ такихъ, что умѣютъ концы въ воду хоронить… Понравилась, линіи разсмотрѣлъ — ну, и кончено! Дѣвочку припугнуть можно, завести… Плачь не плачь, а съ тобой все-таки, какъ съ вещью обойдутся…

Каюсь, я подумалъ: исповѣдь Магдалины, насиліе, высокопоставленный развратникъ… знаемъ мы это. Но мнѣ стало сейчасъ же совѣстно самого себя. Она говорила безъ всякой рисовки, нисколько не заученными звуками…

— А потомъ еще любви требуютъ… ласкайся къ нимъ, выдѣлывай всякія гримасы… И дѣвочку, чуть сформированную, изволятъ матерью сдѣлать.

Глаза ея широко раскрылись. Я видѣлъ, какъ зрачки съузились, а на вискахъ забились жилы… Куда дѣвалась ея неподвижность.

— Матерью!.. чуть слышно выговорилъ я.

— Помилуйте! Такая честь!..

Она точно спохватилась и немного помолчала.

— Все ужь это быльемъ поросло… стоитъ развѣ кровь теперь портить?.. Хорошо и то, что я на все это здоровья не потратила… Натура-то моя хваленая пригодилась… И тогда уже — этому больше двѣнадцати лѣтъ будетъ — я поняла, каковы мужчинки!..

Она почти добродушно разсмѣялась.

— Для нихъ, весело продолжала она:— и дитя родное ничего не значитъ… Пускай возится мать. А вѣдь мальчуганъ былъ старше меня только на четыре года.

Рѣсницы снова опустились, и нѣжная краска покрыла ея щеки, уши и даже часть затылка.

— Матерью бы я хорошей была, Павелъ Иванычъ, сказала она теплой нотой и коснулась меня указательнымъ пальцемъ правой руки.

Этотъ жестъ былъ неожиданъ и очень милъ.

— Что-жь мѣшало?

— Умеръ! Да и лучше... Что же бы я ему начала разсказывать про милаго папашу, когда онъ подросъ бы! Лучше такъ! Съ тѣхъ поръ я и успокоилась. Вотъ, какъ Чулковъ все повторяетъ, застыла...

— Съ тѣхъ поръ?

— Да, давно ужь... Мнѣ, вы думаете, который годъ?

— Не знаю.

— Ну, полноте... Подъ тридцать ужь... Вотъ и вы, не такіе, какъ другіе, а все съ игрой... Не знаю! Навѣрно, въ первый же разъ разглядѣли, что больше двадцати семи... И вы вѣдь, я посмотрю, знатокъ... Каждую ленточку разглядите... подъ шумокъ.

Мы оба разсмѣялись.

Она протянула мнѣ руку.

— Вы мнѣ пришлись больше по душѣ... Съ вами мнѣ легко... Только я вѣдь не привыкла откровенничать. Да и зачѣмъ?.. А пріятелями мы скорѣе съ вами будемъ, чѣмъ хоть бы съ вашимъ этимъ... какъ бишь его фамилія-то? такая чудная?..

— Ворокуевъ.

— Ворокуевъ! Самая профессорская!.. Онъ ворокуетъ — это точно. И такіе у него глаза дѣлаются, что-то въ нихъ прыгаетъ, тамъ, въ глубинѣ... и ртомъ...

Она представила гримасу Ворокуева очень похоже.

Мы еще разъ расхохотались.

— Да, скорѣе мы съ вами сойдемся... знаете, такъ, по-мужски, чѣмъ съ нимъ или съ Сергѣемъ Петровичемъ... тотъ ужь совсѣмъ ни съ чемъ несообразенъ.

— Это почему? не безъ удивленія спросилъ я.

— Вы еще спрашиваете!.. А вотъ что — вы мнѣ лучше скажите: вѣдь онъ васъ навѣрно ко мнѣ подослалъ, а?

Я чуть не покраснѣлъ.

— Подсылать не подсылалъ...

— Да вы что же такъ стѣснились... Я васъ ни въ чемъ не подозрѣваю. Вы добрый! Это сейчасъ видно.

Губы ея сложились въ шутливую улыбку.

— Не знаю, что мнѣ съ нимъ и дѣлать.

— Съ Чулковымъ?

— Да... Ему двадцать второй пошелъ; мнѣ подъ тридцать, а онъ-то меня учитъ, онъ-то учить... все проповѣди развиваетъ.... Книжки читаетъ... И все это только: полюби!..

— Что же тутъ удивительнаго? спросилъ я, наклоняясь къ ней.

— Удивительнаго! Не знаю!.. Да гдѣ же я ему любви возьму? По заказу, что ли? Не знала я никакой любви... да и знать не хочу. А тутъ я мальчика облизывать буду за то, что у него кудри черные, да талію онъ себѣ кушакомъ перетягиваетъ? Линіи стану изучать. А? ха-ха!.. Такъ вѣдь это на то же и сойдетъ! Тѣломъ увлечься!.. Тридцатилѣтней женщинѣ въ студентика влюбиться!.. Все дурь! Мнѣ его и не жалко. Не дуренъ онъ, да очень ужь объ себѣ возмечталъ, мечется все, рисовальщикъ большой.

— Какъ? переспросилъ я.

— Это мое слово: рисовальщикъ — рисуется, себя слушаетъ, точно актеръ какой бываетъ!..

— Это слиняетъ съ годами.

— Вонъ вы куда: съ годами! Такъ мнѣ и ждать. Зачѣмъ? Коли такъ скоропостижно захотѣлъ любви, ищи... Мало ли дѣвочекъ, особенно тѣхъ, что къ студенчеству льнутъ... И потомъ — у нея немного какъ бы перехватило въ горлѣ: — подозрительность!.. Носятся съ своими принципами... Мы только честные, мы святые, съ полочки снятые, а весь остальной народъ подлецы и пошляки. Вотъ и ко мнѣ тоже сколько пристаетъ: какъ, да откуда, да зачѣмъ у васъ такая обстановка?.. Не украла я эту обстановку. Евгенія Дмитріевна вдругъ подняла голову и постотрѣла на меня пристально.

— Вы меня не будете допрашивать, какъ приставъ, а я вамъ скажу. Хотите — повѣрите, хотите — нѣтъ... Оставили меня съ ребенкомъ на рукахъ... Ну, бросили... нѣсколько тысченокъ. Нынче вѣдь всѣ жулики. Извините за слово, оно здѣшнее, московское. А я по билету выиграла. Не вѣрите?.. Только жаль не двѣсти тысячъ, а всего сорокъ. Играла потомъ... биржевикомъ сдѣлалась. Не хорошо, скажете? Не знаю. Съ такими-то звѣрями жить, да не пользоваться? Рискъ, какъ и вездѣ... Въ карты не играла, нѣтъ. Вотъ откуда и обстановка. По крайней мѣрѣ, ни отъ кого не завишу. А студентъ все подозрѣваетъ. Когда разсердится, сейчасъ дерзость на губахъ. Сказать-то не смѣетъ, а по глазамъ я вижу... Вась, молъ, кто-нибудь содержитъ.

Она слегка покраснѣла и опустилась опять всѣмъ корпусомъ на траву.

— Вы вѣрите? спросила вдругъ она.

— Вѣрю.

И я въ самомъ дѣлѣ вѣрилъ ей.

— Спасибо! Живу, думать о многомъ не желаю и сокрушаться тоже. Никуда не рвусь. Не очень весело, за то покойно! Кого жаль,— ну, покормлю. Я бы и съ Сергѣемъ Петровичемъ въ большихъ ладахъ была, еслибы не его фанаберія и приставаніе. Вотъ другихъ, въ косыхъ-то воротахъ, про кого Иванъ Христіанинъ намедни говорилъ, я жалѣю. И не боюсь ихъ!.. Глупости ихъ въ одно ухо впускаю, въ другое выпускаю. Когда мнѣ въ ихъ разглагольствіяхъ что не понравится, я прямо отрѣжу. Небось, не пырнуть!

И она разсмѣялась своимъ обыкновеннымъ, груднымъ, спокойнымъ смѣхомъ.

— Да кажется, Чулковъ нѣсколько иныхъ взглядовъ, чѣмъ его товарищи? замѣтилъ я.

— Кто его разбереть! Да, онъ все насчеть стиховъ и любовныхъ дѣлъ. А между прочимъ отстать-то отъ нихъ не можеть. Тоже хорохорится сильно. Только онъ жизнью тамъ, что-ли, рисковать... не станеть. Нѣтъ, не такой! Ему охъ какъ жить хочется!.. Послаще!

Улыбка прошлась по ея алымъ губамъ. Я только теперь могъ разглядѣть вполнѣ красоту линій ея рта. Приставаніе студента было такъ понятно, что ея слова могли показаться рисовкой. Но она не рисовалась.

— Очень ужь строго! сказалъ я тономъ шутки.

— Нельзя баловать, отвѣтила она въ тонъ:— да и не хорошо! Чуть дали поблажку, что-нибудь помягче сказали, задумались или улыбнулись лишній разъ, онъ сейчасъ возмечтаетъ.

— И пырнетъ? досказалъ я.

— Ха-ха-ха! Кто его знаетъ! Да я объ этомъ не думаю. Я ему прямо говорю: умѣрьте восторги, вы меня не передѣлаете. Богъ съ ними! Павелъ Иванычъ, продолжала она новой задушевной нотой:— какъ хорошо, кабы вы знали, жить такъ... безъ мужчинки!

Мы долго смѣялись послѣ этого возгласа.

— Какъ хорошо, какъ хорошо!.. Ничего никто новаго не скажетъ, все-то старое... знаете, какъ офицеры писали въ альбомы барышнямъ.

> Je vous aime,
> Faites de même,
> Tour à tour
> Vive l'amour!..

По-французски она произносила хорошо, гораздо лучше Чулкова.

— Вотъ вы какъ! вырвалось у меня.

— Да, этакъ — славно!

— Будто на всю жизнь?

— Что загадывать?.. Развѣ не славно въ самомъ дѣлѣ?.. Стоитъ ли?.. Да и никто не зоветъ...

Рѣсницы опустились, улыбка сошла съ губъ.

— Я васъ спрошу по пріятельски... начала она.— Только истинную правду говорить... Скажете?

— Скажу.

— Кто по вашему князь?.. вотъ что вы у меня видѣли.

— Мало очень видѣлъ.

— Нѣтъ, да полноте., ну, такъ, сразу... будто нельзя распознать?..

— Умный баринъ.

— Баринъ... да... вѣрно... Чтожъ, не бѣда. Этотъ, по крайней мѣрѣ, не пристаетъ.

— А съ пѣніемъ? напомнилъ я.

— Ну, это другое дѣло... Онъ, вѣдь, увѣровалъ въ мой голосъ... Ему хочется примадонну изъ меня сдѣлать... Въ Миланъ, въ Лондонъ... Ничего изъ этого, разумѣется, не выйдетъ. Но и онъ... обглядите-ка его...

Глаза ея блеснули. Я нарочно наклонилъ голову, чтобы не смотрѣть на нее. Въ голосѣ заслышались другіе звуки.

— И ему, кромѣ линіи, ничего не надо! Только онъ не то, что вашъ пріятель — профессоръ, не станетъ распространяться у меня... Его не поддѣнешь. Не бось! Не будетъ ни ручекъ лизать, ни въ глаза заглядывать... А вздыхаетъ только отъ... толщины!..

— Чтожъ, вамъ досадно?

— Вотъ вы куда!.. Очень мнѣ нужно! Такъ, значитъ, на женскій полъ смотритъ... Не знаю... можетъ быть, у него была какая исторія... Онъ скрытный... А теперь...

XXIV

— Закусить не желаете? раздался голосъ Чулкова.

Онъ стоялъ въ проходѣ, на фонѣ густого синяго неба, съ соломенной шляпой на затылкѣ. Въ рукахъ у него была корзинка.

— Нѣтъ, немного нетерпѣливо откликнулась Евгенія Дмитріевна и даже не приподняла головы.

— А когда же?

— Когда придемъ въ Останкино... пора идти...

— Какъ угодно... Мы-было съ профессоромъ хотѣли заморить червячка.

— Кто же мѣшаетъ? протянула Евгенія Дмитріевна и начала вставать.

Чулковъ бросился поднимать ее, держа корзинку въ одной рукѣ.

— Выроните! крикнула она ему, освобождаясь изъ его объятій.

— А Ворокуевъ? спросилъ я.

— Ушелъ впередъ... Знаете, очень ужъ Евгенія Дмитріевна его пришибла... Я, говоритъ, воздержусь на нынѣшній день... Предоставлю, говоритъ, Павлу Иванычу наслаждаться... ревнюсть...

— Это, что еще за слово? переспросила она.

— Ревнюсть! Это по-московски, значитъ...

— Идемте, перебила Евгенія Дмитріевна и протянула мнѣ руку.

Я поглядѣлъ на лицо Чулкова и шепнулъ ей:

— Осчастливьте его...

— Будетъ съ него, громко отвѣтила она.

Мы пошли подъ руку.

Чулковъ отправился впередъ догонять Ворокуева, взглянувъ на меня довѣрчиво и возбужденно; точно на своего закадыку, взявшаго на себя защищать его интересы.

Разговоръ о князѣ, прерванный Чулковымъ, уже не возобновлялся. На ходу, Евгенія Дмитріевна сдѣлалась гораздо молчаливѣе. Она отвѣчала мнѣ, но сама больше уже не изливалась. Я подумалъ даже: ей какъ будто стало непріятно, что она вошла со мной въ откровенность. Я намекнулъ ей на это.

— Нѣтъ, голубчикъ, возразила она благодушно.— Такой стихъ нашелъ. Вѣдь я ужъ вамъ сказала, что вы хорошій человѣкъ...

День совсѣмъ прояснился. Идти было немного жарко. Мы все замедляли шагъ. Передняя пара должна была подождать насъ при входѣ въ паркъ. Завернули мы въ деревянный баракъ, гдѣ даются вечера и спектакли. Чулковъ потащилъ Ворокуева на сцену и сталъ потомъ звать и Евгенію Дмитріевну.

— Подите, сказалъ я ей:— попробуйте походить по подмосткамъ. Вдругъ, въ самомъ дѣлѣ, очутитесь на оперной сценѣ?

Она послушалась. Декорація представляла комнату. Для ея

81

роста театръ былъ низковатъ. На подмосткахъ фигура дѣлалась еще стройнѣе и значительнѣе.

— Валентина!.. крикнулъ Ворокуевъ.

— Ну, профессоръ, и вы сбиваете Евгенію Дмитріевну! вмѣшался Чулковъ и началъ дурачиться, сталъ на колѣни передъ Евгеніей Дмитріевной и по оперному сжалъ себѣ грудь обѣими руками.

— Cara mia, запѣлъ онъ:— celesta Aida!..

Какія-то двѣ дачницы остановились въ дверяхъ и стали смотрѣть на это даровое представленіе. Ворокуевъ подвинулся къ Евгеніи Дмитріевнѣ съ другой стороны. Группа выходила презабавная.

— *Довольны линіями?* спросилъ я снизу Ворокуева и указалъ ему головой на Евгенію Дмитріевну.

— *Какихъ еще линій!..* откликнулся онъ.

Но веселость вдругъ оставила ее. Она стояла между ними, съ опущенными вдоль бедръ руками, взглядъ ея ушелъ куда-то, въ глубь барака, улыбка уже не разскрывала ея рта, исчезли и ямочки.

— Celesta Aida! пропѣлъ еще разъ Чулковъ.— Евгенія Дмимитріевна, ау!..

Она очнулась.

— Пойдемте, сказала она:— очень ужь я велика — подпираю потолокъ.

Они свели ее по приставной лѣстницѣ. Ворокуевъ продолжалъ ухмыляться. Лицо его говорило: "съ меня на нынѣшній день довольно; я знаю, что знаю".

Онъ умѣлъ не надоѣдать женщинѣ. Въ немъ умный малый сказывался прежде всего. Съ его курносой и плѣшивой головой не надо было злоупотреблять вниманіемъ такихъ красавицъ, какъ Евгенія Дмитріевна.

На первой же дорожкѣ къ намъ пристала самоварница съ рыхлымъ, жилистымъ лицомъ, простоволосая, въ порыжѣломъ платкѣ.

— Развѣ сразу чай? спросилъ Чулковъ.

— Нѣтъ, я хотѣла бы посмотрѣть церковь и дворецъ, сказала Евгенія Дмитріевна.

— Я васъ провожу, матушка, приставала самоварница.

— Увольте, тетенька, сказалъ Чулковъ.

— Ничего, батюшка, позвольте, а то тамъ есть одна снафида... подлая женщина, какъ разъ перехватитъ.

И женщина начала что-то болтать про тяжелыя времена и скудость графскаго "положенія". Но Чулковъ опять осадилъ ее и рекомендовалъ держаться позади.

Садъ, разбитый по старинному плану, во французскомъ вкусѣ, смотрѣлъ чопорно и тѣсновато послѣ нашего парка. Подстриженныя деревья, мраморные бюсты, диванчики, куртины пестрѣли передъ глазами. Но не хватало тѣни, простора, не было отдаленнаго блеска воды... И воздуху точно меньше было...

Задній фасадъ барскихъ палатъ, выходящій въ цвѣтникъ, выказывалъ свою бѣдную архитектуру деревяннаго штукатуреннаго дома, съ некрасивымъ рядомъ оконъ нижняго этажа.

Мы обогнули влѣво и вышли на дворъ, направляясь къ широкому парадному крыльцу. Солнце уже обливало все ровнымъ свѣтомъ. Только на самой линіи свода кое-гдѣ бродили хлопчатыя облачка. Скульптура на воротахъ, крыльцо, колонны, окна бѣлѣли и слѣпили глаза. А лѣвѣе изъ-за рѣшотки красной пирамидой выдѣлялась церковь, ярко-кирпичнаго цвѣта, съ своими тонкими главами, приземистымъ сводомъ алтаря и крытымъ фигурнымъ ходомъ. Туда, въ сторону города, уходила широкая просѣка, порѣдѣлая отъ времени. Сквозь дымчатую свѣтлую даль мигала золотая точка — куполъ храма Спаса.

Чулковъ побѣжалъ къ смотрителю просить позволенія обойдти домъ. Мы ждали не долго. Въ сѣняхъ два итальянца реставрировали картины и скульптурныя вещи. Прохлада пріятно освѣжала насъ. Лѣниво, утомленные ходьбой, мы передвигались изъ комнаты въ комнату, побывали въ кругломъ кабинетѣ, въ спальнѣ, обитой свѣтлымъ штофомъ, полюбовались на пріемную, росписанную нѣжными тонами, поднялись наверхъ, побывали въ египетской столовой, остановились въ театральной залѣ съ ея колоннами и живописной галлереей. Евгенія Дмитріевна очутилась около меня. Облокотившись о перила, она смотрѣла внизъ.

— Хотѣли ли бы вы жить въ такихъ чертогахъ? спросилъ я ее.

— Постоянно?— Нѣтъ. А такъ развѣ... день, два, походить, помечтать. Красиво! Легко.

Внизу Чулковъ стоялъ съ поднятой головой и улыбкой, все того же любованія, обращенной къ Евгеніи Дмитріевнѣ.

— Какая декорація! крикнулъ онъ.— Что за картина!.. Не двигайтесь, не двигайтесь, Бога ради!..

— Вотъ удержу-то себѣ не знаеть! тихо промолвила она, и охладила его порывъ, кинувъ ему внизъ:— ѣсть мнѣ хочется, довольно смотрѣть.

XXV

Самоварница дожидалась насъ. Но только-что мы вышли, какъ къ намъ пристала другая женщина, выше и суше, въ капотѣ безъ платка и въ чепцѣ.

— Куда она васъ ведеть! визгливо начала она:— у ней и стола-то нѣтъ... Видите, шалая какая... Мечется... сама не знаеть куда!

— Не слушайте ея, матушка, торопливо забѣгала первая самоварница, догоняя насъ: — видите, у ней глаза-то безстыжіе... клюкнула небось...

— Я клюкнула?! Ахъ ты!..

Чулковъ прикрикнулъ на нихъ. Мы пошли черезъ цвѣтникъ, потомъ по одной изъ аллей съ мраморными бюстами и по лужайкѣ съ рѣдкими группами деревьевъ.

Самоварница, которая приняла насъ первая при входѣ въ садъ, перетащила столъ въ тѣнь, съ одного мѣста на другое. Ей помогала босая дѣвчонка, вся чумазая. Самоваръ чадилъ. Сливки были не первой свѣжести; но мы устали, и чай пришелся всѣмъ по вкусу. Евгенія Дмитріевна выбрала у носящаго два пирожка и крендель. Ворокуевъ любовался, глядя, какъ она начала ѣсть своими блестящими зубами. Чулковъ былъ въ пріятномъ волненіи. Онъ вынулъ изъ сумки разный съѣстной матерьялъ и началъ разставлять его по столу... ѣли мы взапуски... Каждому было пріятно отдохнуть и отъ ходьбы, и отъ душевныхъ ощущеній. Нѣтъ, нѣтъ, Ворокуевъ или Чулковъ взглянетъ вбокъ на Евгенію Дмитріевну и потомъ переглянется со мною. Между нами устанавливалось полное согласіе. Но нетребовательность была только во мнѣ. Любитель "линій" какъ будто готовился къ чему-то; въ студентѣ запросы молодой страсти минутно затихли, но дожидались взрыва.

Мы выпили по второй чашкѣ, какъ вдругъ Евгенія Дмитріевна быстро оглянулась въ сторону сада. Чулковъ подмѣтилъ первый этотъ взглядъ.

— Не онъ!.. кинулъ онъ и насмѣшливо разсмѣялся.

Она вся покраснѣла.

— Фигура похожа... Такая же спинища... Но успокойтесь.

— Что вамъ надо? въ первый разъ остановила она его при мнѣ такимъ строгимъ тономъ.

— Вы думаете, князь съ дамой прошелъ? приставалъ студентъ, перебѣгая глазами отъ лица Евгеніи Дмитріевны къ тому мѣсту, гдѣ виднѣлась какая-то пара.

— Какой князь? переспросила она, оправившись отъ внезапной краски.

— Да вонъ, тотъ мужчина... Спина такая же; вѣрно, и животъ такой же. Не угодно ли, я узнаю доподлинно?

Чулковъ поднялся совсѣмъ и уперся руками о столъ. Глаза его то вспыхивали, то замирали, зрачки такъ и прыгали.

Мы съ Ворокуевымъ переглянулись, на этотъ разъ гораздо значительнѣе.

— Что вы все волнуетесь, юноша? спросила Евгенія Дмитріевна и усмѣхнулась.— Это смѣшно!

— Смѣшно? повторилъ Чулковъ, и въ горлѣ у него перехватило.— Почему же-съ? Вамъ не понравилось, что я предупредилъ ваше желаніе?

— Какое? глухо выговорила она и отвела глаза въ сторону.

— Вы сами знаете — какое!.. Васъ точно ужалило, Евгенія Дмитріевна.

— Вы глупости говорите! вырвалось у нея.

— Почему же-съ? еще горячнѣе продолжалъ Чулковъ.— Развѣ не...

— Позвольте, молодой человѣкъ, вмѣшался тутъ Ворокуевъ:— къ чему же такая тревожность, такое приставанье?

Чулковъ взглянулъ на него искоса и покраснѣлъ; до тѣхъ воръ онъ былъ блѣденъ.

— Профессоръ, небрежно заговорилъ онъ:— къ чему это генеральская привычка ругаться молодымъ человѣкомъ!.. Какое же въ томъ достоинство, что вы пожилой человѣкъ?..

— Ну, вотъ, ну, вотъ! добродушно остановилъ его Ворокуевъ.— Это ужь совсѣмъ не хорошо. Не достойно васъ... Вы малый очень неглупый и развитой, и вдругъ такіе странные протесты.

— Пожалуйста, безъ нравоученій, профессоръ! уже совсѣмъ разсерженный перебилъ Чулковъ и вышелъ изъ-за стола.

— Оставьте его! живо сказала Евгенія Дмитріевна.

— Зачѣмъ же такъ? почти со слезами въ голосѣ вскричалъ Чулковъ, подскакивая къ ней, словно его что ужалило.— Я не хочу смазываній! Что я такое сдѣлалъ? обратился онъ съ вопросомъ въ мою сторону:— вы встрепенулись и даже покраснѣли, вклепавшись въ того мужчину; думали, что князь, сзади-то вамъ показалось большое сходство... Ну, вотъ и все!.. Зачѣмъ же сердиться, когда... заговорило ретивое?

— Чулковъ! остановила его опять Евгенія Дмитріевна.

— Да что Чулковъ? Чего же тутъ сердиться? Надо же имѣть хоть въ этомъ смѣлость. Мало ли что человѣкъ про самого себя вообразитъ... что онъ и безчувственный и не доступенъ никакому увлеченію, застраховалъ себя... Анъ выходитъ по другому... ха, ха!..

Онъ заходилъ около стола, потирая руки и продолжая хохотать. Намъ сдѣлалось неловко. Ворокуевъ поглядѣлъ на меня съ гримасой, говорившей: "вотъ видите, что значитъ съ мальчишками возиться и ихъ въ свою компанію пускать!"

Евгенія Дмитріевна сидѣла спокойно, опустя голову. Щеки ея поблѣднѣли. Мнѣ слышно было ея дыханіе. Грудь чуть-туть вздрагивала.

— Домъ-то какой, заговорилъ Ворокуевъ.— Вонъ она барская-то культура. Стоятъ такія палаты безъ всякаго употребленія. Музей бы хоть сдѣлать...

— Вы, профессоръ, продолжалъ все еще со смѣхомъ Чулковъ:— зачѣмъ же такъ перебиваете меня. Я говорю самыя простыя вещи. Евгенія Дмитріевна изволили на меня разгнѣваться... Какъ имъ будетъ угодно!.. А, по моему, надо во всемъ на чистоту дѣйствовать. Что это за олимпійское безстрастіе? Да его и быть не можетъ! Анъ хвать... И окажется, что предметъ-то какой-нибудь утробный человѣкъ. Впрочемъ, чему же тутъ и удивляться... Вѣдь психологія-то страстей у всѣхъ одна и таже... Набѣжитъ шквалъ... любовь зла — полюбишь и козла! И онъ опять началъ почти истерически хохотать.

Мы съ Ворокуевымъ поглядѣли на Евгенію Дмитріевну. Она продолжала сидѣть съ опущенной головой. Ей было, кажется, неловко за Чулкова. Но вотъ въ глазахъ мелькнула свѣтлая точка. Рѣсницы раскрылись шире. Румянецъ смѣнилъ минутную блѣдность.

— Пойдемте господа, обратилась она къ намъ:— пора, тучки собираются; пожалуй, будетъ дождь.

Чулковъ не унимался.

— Что же это вы, Евгенія Дмитріевна, не удостоиваете меня и окрика? Развѣ я не говорю? Вамъ чего же стѣсняться? Вы человѣкъ свободный. Мы тоже свободные люди. Каждый долженъ отдать дань увлеченію!.. Ха, ха!..

— Полноте, шепнулъ я ему въ бокъ и покачалъ головой.

Ворокуевъ сдѣлалъ тоже.

Онъ продолжалъ усиленно смѣяться.

— Сергѣй Петровичъ, сказала тихо, но строго Евгенія Дмитріевна:— я прошу васъ прекратить этотъ разговоръ. Я васъ не могу понять...

— Не желаете? крикнулъ Чулковъ, подскочивъ къ ней.— Не желаете?.. Ну-съ, такъ и запишемъ.

И онъ тотчасъ же сталъ убирать со стола остатки закуски въ мѣшокъ, и съ этой минуты упорно замолчалъ.

— Мы вернемся Каменкой? спросила меня Евгенія Дмитріевна.

Я не зналъ еще мѣстности.

— Да, да, подхватилъ Ворокуевъ:— лѣскомъ, гдѣ рѣчка.

Общаго разговора уже не завязывалось. Ворокуевъ спросилъ ее:

— Устали?

— Отдохнула, отвѣтила она и провела рукой по волосамъ.

Мы двинулись въ обратный путь — сначала гуськомъ, но Чулковъ обогналъ насъ и вдругъ, какъ ни въ чемъ не бывало, подалъ руку Евгеніи Дмитріевнѣ. Она взглянула на него, откинувъ немного голову, но руку все-таки подала, и они пошли впередъ...

Ворокуевъ взялъ меня подъ руку и пріостановилъ.

— Что за чушь! сказалъ онъ.— И какъ же это она съ нимъ пошла! Я бы уши надралъ.

— Милые бранятся... началъ я.

— Какіе милые! Мальчуганъ!.. И такая женщина!.. Распустила, избаловала своей добротой; нынче вѣдь этотъ народъ, такъ распущенъ, чуть что — и...

— Пырнетъ? подсказалъ я, вспомнивъ господина Шульца.

Онъ поглядывалъ все впередъ. Его, видимо, раздражала фигура Чулкова.

— Кто этотъ князь? спросилъ онъ меня почти озабоченно.

Я разсказалъ ему, когда видѣлъ его у Евгеніи Дмитріевны.

— Уменъ, богатъ, вѣроятно... баринъ... говорите вы... Натура есть?..

Его вопросы показались мнѣ тревожнѣе, чѣмъ бы можно было ждать отъ Ворокуева.

Мы проходили по лѣсной дорожкѣ. Лѣвѣе, круто вздымался берегъ рѣчки, а въ отдаленіи, вдоль узковатой дорожки стояли темнѣющія деревья. Рѣчку мы уже перешли...

Ворокуевъ жадно присматривался къ тому, какъ Евгенія Дмитріевна, приподнявъ сзади и сбоку платье, осторожно переступала своими туфлями на высокихъ каблукахъ.

— Для такого роста, шепнулъ мнѣ Ворокуевъ:— замѣчательно мала нога!.. И подъемъ какой!..

Но онъ начиналъ не на шутку волноваться.

— Надо привалъ сдѣлать!.. Довольно имъ... И какъ это она, право.

Передняя пара какъ разъ остановилась въ эту минуту. До насъ долетѣли звуки разговора. Чулковъ сталъ къ намъ лицомъ. Онъ былъ блѣденъ и только правой рукой нервно пощипывалъ свою бороду. Ея лица намъ не было видно.

— Ну, кажется, радикально разбранились! вскричалъ Ворокуевъ. — Руку она отняла — и прекрасно!..

Мы догнали ихъ. Чулковъ какъ-то странно взмахнулъ рукой и, взваливъ на плечо мѣшокъ, пошелъ скорымъ шагомъ.

— Не хотите ли присѣсть? пригласилъ Евгенію Дмитріевну Ворокуевъ. — Мѣстечко-то какое милое.

— Нѣтъ... я домой хочу.

И она подала мнѣ руку. Ворокуевъ сначала попрыгалъ рядомъ съ ней, а потомъ началъ отставать.

Евгенія Дмитріевна, пройдя шаговъ сто, заглянула мнѣ въ лицо и выговорила:

— Иванъ-то Христіанычъ, пожалуй, и правъ.

— На счетъ студентовъ? понялъ я ея мысль.

— Да. Это ни на что не похоже, какая неделикатность...

— Отелло!

— Съ какой же стати? По какому праву? уже совершенно серьёзно спросила она. — Померещился ему князь!

— А вѣдь это не онъ былъ? подтвердилъ я въ видѣ вопроса.

Она покраснѣла. Эта краска такъ ее смутила, что она, путаясь, выговорила:

— Ну, мнѣ показалось... Чтожь такое?..

— И вдругъ?

— Что вдругъ?

— И вашъ чередъ придетъ...

— Ахъ, что вы!.. стыдливо и укоризненно прошептала она и до самой фермы мечтательно молчала.

XXVI

Ночь лунная, серебристая, полная благоуханій, спустилась надъ паркомъ. Я шелъ къ озеру. Три-четыре дня не видалъ я моихъ новыхъ знакомыхъ: ни Чулкова, ни Евгеніи Дмитріевны. Но съ Ворокуевымъ мы встрѣчались каждый день. Онъ все больше и больше восхищался "прекрасной Еленой". Уже не про однѣ "линіи" говорилъ онъ. Ему хотѣлось сдѣлаться ея другомъ и руководителемъ. Онъ мнѣ это прямо высказалъ.

— Пропадетъ, повторялъ онъ. — Надо поправить, надо!

И все ему хотѣлось узнать лично этого князя, изъ-за котораго вышла стычка на нашей прогулкѣ. А стычка сдѣлала то, что Чулковъ совсѣмъ пропалъ, да и Евгеніи Дмитріевны Ворокуевъ не заставалъ дома: уѣхали куда-то въ гости, не то въ Люблино, не то въ Кунцово.

Завязывался романъ. Въ Евгеніи Дмитріевнѣ что-то зрѣло. Студентъ, навѣрно, бѣснуется... И самъ Ворокуевъ втягивался въ этотъ воздухъ молодости, красоты, порывовъ темперамента...

Жить, жить всѣмъ хочется, и не однимъ отрицаніемъ, а хватать красоту и сладость жизни. И моя собственная жизнь предстала предо мной смѣшнымъ и жалкимъ опытомъ. Кому нужно было то, что я прошелъ своей тропкой цѣлыхъ четырнадцать лѣтъ, забывъ о всякомъ личномъ посягательствѣ на счастье? Кому? Вотъ теперь и молодость безвозвратно канула... И спроси любого изъ моихъ знакомыхъ, пріятелей, даже друзей, скажутъ обо мнѣ:

"Такъ коптитъ небо сентиментальный неудачникъ".

Навѣрно скажутъ и будутъ по своему правы.

Я подходилъ къ той площадкѣ, откуда направо дорожка къ пристани, налѣво поворотъ въ сторону лѣса. На свѣтломъ полотнѣ широкой дороги, вдоль озера, огромныя ели высились черными, извилистыми конусами. Былъ первый часъ. Тишина стояла недвижная, точно втягивающая въ себя всякій, чуть слышный шорохъ.

Но вотъ мнѣ показалось, что подъ ближайшей елью что-то бѣлѣетъ. Я остановился. Вѣрно, какая-нибудь пара. Зачѣмъ смущать?.. Я было хотѣлъ повернуть налѣво; но бѣлѣсоватое пятно сдѣлалось больше. Это была несомнѣнно женская фигура. Мнѣ показалось что-то знакомое. Очень небольшаго роста, почти дѣвочка издали. Но что она дѣлаетъ? По движеніямъ, какъ-будто раздѣвается? Да, вотъ она сняла шляпу, скинула короткую мантилью. Я, положительно, видѣлъ эту чорную мантилью и очень недавно...

Тутъ только я вспомнилъ сцену въ паркѣ въ тотъ день, когда я познакомился съ Чулковымъ. Это — та дѣвушка, что прощалась съ нимъ такъ искренно, такимъ любящимъ рукопожатіемъ.

Зачѣмъ она въ такой часъ? Хочетъ купаться? Мѣсто было выбрано странное. Я недоумѣвалъ. Но если она, дѣйствительно, хочетъ купаться... надо было тѣмъ скорѣе свернуть или идти назадъ.

Да, это была она. Сняла шляпку и мантилью, немного выдвинулась изъ подъ густой тѣни дерева. Голова ея была видна, въ короткихъ волосахъ, курчавыхъ, какъ у мальчика. Она начала разстегивать и платье; но дѣлала это медленно, не глядя по сторонамъ, съ поникшей головой. Въ головѣ моей всплыла мысль, подозрѣніе... и мгновенно я ускорилъ шагъ, пошелъ прямо къ дереву. Дѣвушка не слыхала моихъ шаговъ, она была все еще погружена въ думу. Но вотъ она скинула платье и такъ скоро, что я даже и не успѣлъ взвидѣться, бросила его порывистымъ движеніемъ на лавку, подъ дерево, схватилась-было за тесемку юбки; остановилась и откинула голову, оглянулась, но безъ всякой тревоги, повернула круто къ берегу и сошла къ водѣ.

Я бросился бѣгомъ. Для меня было ясно, что это не купальщица. Плавать я умѣю. Поспѣть во время я надѣялся. Не больше, какъ въ одну минуту, былъ я у берега.

Это была она, ея профиль, руки, станъ. Когда я подбѣжалъ, она нагнулась надъ водою, стоя на сучкѣ и протянула руки, видно желала подальше упасть въ воду. Лучи мѣсяца падали ей прямо на лицо, на грудь, на обнаженныя тонкія руки. Глаза ея устремлены были въ одну точку. Она точно чего-то искала въ водѣ. Еще мгновеніе, и она была бы тамъ. Я схватилъ ее сзади за обѣ руки.

Зачѣмъ я это сдѣлалъ? Какое право имѣлъ? Даже если она и хотѣла утопиться? Теперь я ставлю эти вопросы очень серьёзно, но тогда меня толкало такое цѣльное чувство, что не до вопросовъ было! Дѣвушка была такъ поглощена, что не сразу почувствовала прикосновеніе моихъ рукъ.

— Остановитесь! крикнулъ я.

Она рванулась, какъ будто хотѣла заткнуть себѣ уши или закрыть лицо. Но мои руки крѣпко держали ее.

— Пустите! глухо крикнула она, все еще не оборачиваясь.

— Нѣтъ, не пущу! отвѣтилъ я и обхватилъ ее за талію одною рукой, другой взялъ какъ ребенка и перенесъ на скамью, подъ ель. Все это сдѣлалось въ нѣсколько секундъ. Она сначала билась, какъ птичка, а потомъ замерла и, когда я опустилъ ее на скамью, то начала повторять.

— Уйдите, уйдите... стыдно!.. По какому праву!..

— Я вамъ не дамъ бросаться въ воду. Я отойду, сказалъ я ей умышленно-твердымъ голосомъ.— Вотъ ваше платье... Одѣньтесь... Не бойтесь меня.

Она закрыла лицо руками и тотчасъ же разрыдалась. Рыданія перешли въ истерику, раздался хохотъ, а потомъ и крики, прерываемые судорожными движеніями. Голова ударилась о скамью, зрачки ушли подъ вѣки, дыханіе сперлось.

Я положилъ ее съ ногами на скамью, покрылъ мантильей ея плечи и руки, прикрылъ ноги платьемъ, зачерпнулъ шляпой воды и началъ брызгать ей въ лицо. Я все это дѣлалъ почти машинально. Я рѣдко видѣлъ и слышалъ женскіе припадки. У меня у самого сердце перестало биться, хотя я совсѣмъ не нервенъ. И жаль, и страшно мнѣ стало за эту худенькую, кроткую, курчавую дѣвушку, на видъ ребенка. Мнѣ захотѣлось согрѣть, ободрить, приголубить ее. Я опустился, самъ не замѣчая того, на колѣни, дулъ на неё, гладилъ ее по головѣ, приводилъ ее въ чувство — какъ только могъ и умѣлъ.

Она раскрыла глаза, опять рванулась, захохотала. Но это былъ уже послѣдній приступъ истерики. Дыханіе стало ровнѣе. Въ ногахъ не было уже судорожныхъ подергиваній, прошла и нервная дрожь.

— Пустите меня!

Слова эти она повторяла съ разбѣгающимися глазами.

Придя совсѣмъ въ себя, она привстала, закрыла себѣ плечи, оттолкнула меня и боязливо вскрикнула:

— Оставьте!

Я молча отошелъ, но, стоя за широкимъ стволомъ ели, я сказалъ ей опять умышленно твердымъ голосомъ:

— Я не уйду. Одѣньтесь. Вамъ нечего меня бояться. Я другъ. Я васъ знаю, и знаю, что заставило васъ кинуться въ воду.

Солгалъ ли я? Нѣтъ. Я уже, когда переносилъ ее на скамью, сказалъ про себя:

"Это несчастная страсть — не что иное. И предметъ ея — Чулковъ".

XXVII

Она послушалась и торопливо, какъ маленькая, стала натягивать на себя платье, накинула мантилью и надѣла шляпку; послѣ чего опустилась и тихо заплакала.

Я вышелъ и присѣлъ на скамью...

— Что вамъ отъ меня надо? выговорила она, наконецъ, сдержавъ рыданія.— Все равно я... не нынче, такъ завтра!..

И въ самомъ дѣлѣ, по какому праву помѣшалъ я ей покончить съ жизнью, коли она ей ненавистна?

Но стоило мнѣ поглядѣть на ея лицо, чтобы отвѣтить себѣ: молодо — зелено, перенесеть и не такую невзгоду. Она была еще очень молода. И что мнѣ бросилось только теперь въ глаза

— я нашелъ въ ней сходство съ Селиной, съ той... о которой я вспоминалъ съ такими подробностями... Только та была хорошенькая, а эта нѣтъ. У той не сходило съ лица выраженіе сухой испорченности, у этой лицо и въ слезахъ хранило слѣды постояннаго душевнаго напряженія хорошихъ, любящихъ натуръ.

Я не испытывалъ никакой неловкости, сидя около нея. Мнѣ было ея жаль, той особой жалостью, гдѣ есть и чувство къ ребенку и откликъ на всю ломку жизни, какая на моихъ глазахъ проходила долгіе годы, въ безчисленныхъ примѣрахъ.

— Полноте, сказалъ я и взялъ ее за руку.— Она дрожала.— Пойдемте, вамъ надо отдохнуть.

— Куда?.. быстро и пугливо спросила она и продолжала съ возрастающимъ волненіемъ:— куда я пойду? У меня нѣтъ квартиры...

— Вы изъ Москвы?

— Да.

— Гдѣ же вы жили?

— Гдѣ жила — меня тамъ нѣтъ... Я уѣхала, вещи раздарила...

— А вашъ родственникъ?

— Вы это знаете?..

— Вы видите — знаю.

— Студентъ — Обычный!

Я не понялъ сразу, что это фамилія и переспросилъ.

— Обычный, повторила она, и опять смолкла, схватилась руками за голову и пришла въ волненіе.— Нѣтъ! вырвалось у нея и она вскочила со скамьи.— Не хочу, не хочу ни видѣть его, ни слышать о немъ! ѣхать въ деревню... Зачѣмъ? Томиться... Господи, пустите меня!..

Она рванулась. Я схватилъ ее за обѣ руки.

— Я вамъ не дамъ броситься. Вы должны провести спокойно ночь. Скажите мнѣ, гдѣ живетъ вашъ родственникъ?

Я опять постарался придать голосу твердую, непреклонную интонацію.

— Зачѣмъ же такое насиліе? кротко спросила она. Въ томъ, какъ она произнесла эти слова, не слышно уже было упорства.

И, какъ часто бываетъ въ минуты сильнаго возбужденія, я вспомнилъ, что студентъ въ блузѣ, когда она прощалась предо мною съ Чулковымъ, назвалъ ее въ разговорѣ Надеждой Ѳедоровной...

— Полноте, Надежда Ѳедоровна, началъ я уже мягче.

Она вся вздрогнула.

— Вы знаете мое имя? прошептала она.— Кто же вы?

— Прохожій... Видѣлъ васъ, знаю того, кто васъ довелъ вотъ до этого...

— Никто! Никто не доводилъ меня! стремительно начала она.— Я сама хотѣла. Развѣ можно обвинять кого-нибудь. Онъ такой же, какъ...

Она не договорила. Я все еще держалъ ее за руки.

— Полноте, сказалъ я уже тономъ человѣка старше ея, навѣрно, на двадцать слишкомъ лѣтъ. Силы ея были надломлены. Она начала дрожать, какъ въ лихорадкѣ. Я накинулъ ей пальто на плечи, взялъ подъ руку и повелъ вверхъ, но аллеѣ... Мнѣ пришла было мысль: отыскать комнату гдѣ-нибудь по близости, разбудить моего хозяина, заставить переночевать въ сѣняхъ, наконецъ, самому пробыть ночь на дворѣ и уложить Надежду Ѳедоровну... Но какъ это сдѣлать безъ огласки?.. Сейчасъ же этотъ Зябликовъ разболтаетъ всѣмъ, что у меня ночевала какая-то "барышня". Даже если его и не будетъ.

— Гдѣ живетъ вашъ родственникъ? спросилъ я ее, нарочно самымъ обыкновеннымъ тономъ.

— На шоссе... въ номерахъ...

Мы шли довольно скоро. Я чувствовалъ, что она менѣе дрожитъ и бодрѣе переступаетъ ногами. Когда мы вышли на площадку передъ церковью — все было залито луннымъ свѣтомъ.

— Ночь-то какая! сказала она точно про себя.

Это меня еще больше успокоило.

— Чудесная! подхватилъ я..— А вотъ и извощикъ на наше счастье...

— Зачѣмъ? попыталась она опять.

— Какъ зачѣмъ? Поѣдемъ.

— Ахъ, нѣтъ!

Но она позволила кликнуть извощика. Я приказалъ ему поднять верхъ. Черезъ пять минутъ, пролетка остановилась у номеровъ. Дѣвушка впала въ какое-то забытье, точно задремала. Щеки побѣлѣли. Но дыханіе слышалось ровно. Только голова почти свѣсилась на грудь.

Не легко было отыскать комнату студента Обычнаго. Надежда Ѳедоровна такъ ослабѣла, что не могла мнѣ помочь, почти не въ силахъ была выговорить ни одного слова. Но я нашелъ не то дворника, не то номернаго служителя и добился, гдѣ живетъ студентъ Обычный. Онъ еще не спалъ. Я засталъ его на балкончикѣ передъ своей комнатой. Онъ курилъ, а на колѣняхъ у него лежала книга. Должно быть, онъ читалъ ее при яркомъ лунномъ свѣтѣ. На немъ была все та же парусинная блуза; а на плечи накинутъ темный, короткій пледъ.

Въ двухъ словахъ я объяснилъ ему въ чемъ дѣло.

Студентъ вскинулъ какъ-то странно руками. Пледъ спалъ у него съ плечь.

— Это все Серёжка надѣлалъ! крикнулъ онъ.— Ахъ, анаѳема!.. Сердцеѣдъ!

И тотчасъ же безъ особой суетливости зажегъ свѣчу и вышелъ со мною къ пролеткѣ.

Надежда Ѳедоровна такъ ослабѣла, что мы должны были перенести ее на рукахъ. Служитель, впустившій меня, было зашумѣлъ, но студентъ прогналъ его, крикнувъ ему:

— Не ваше дѣло!

— Переночуетъ у меня... нѣтъ нужды, въ городъ куда же... Да она и квартиру сдала, говорилъ онъ мнѣ тихо, когда мы ее вносили въ верхній корридоръ.— Я думалъ, она ужь по Курской катить, а вотъ — подите!

— Чаемъ я ее напою сейчасъ! весело продолжалъ говорить студентъ:— на машинкѣ живо! Наденька, не хорошо-съ! И онъ уложилъ ее на свою незатѣйливую "койку".

Я распростился съ нимъ и въ корридорѣ попросилъ у него позволенія зайти.

— Валите! пригласилъ онъ и стиснулъ мнѣ руку.

XXVIII

Я вернулся на другой же день рано утромъ. Студентъ Обычный увидалъ меня съ своей "галдарейки". Онъ пилъ чай, въ неизмѣнной блузѣ.

— Спитъ, не громко крикнулъ онъ мнѣ сверху.

— А ночь какъ прошла?

— Былъ еще припадокъ, да ничего...

Онъ мнѣ пріятельски усмѣхнулся.

— Чаю хотите?.. Лѣзьте... пройти можно... Я ее уложилъ въ другой комнатѣ... порожняя была...

Въ рукѣ онъ держалъ тетрадь литографированныхъ лекцій. Его ярко освѣщалъ отблескъ солнца. Лицо у него славное, безобразное по чертамъ, но дышеть за то натурой; глаза смѣются, пряди волосъ падаютъ на глаза, какъ у болонки; круглый и полувздернутый носъ точно нюхаеть утренній воздухъ, отдающій хвоей сосѣдняго лѣска.

Мы сѣли за самоваръ. Онъ поглядѣлъ на меня какъ-то искоса и сказалъ хриповатымъ баскомъ:

— Ну, спасибо!.. Безъ васъ наша Надежда Ѳедоровна досталась бы щукамъ да карасямъ на завтракъ! Ха, ха!..

И смѣялся онъ чудно, такъ же хрипло, какъ и говорилъ, но очень заразительно.

— Она ваша родственница? спросилъ я.

— Дальняя... знаете... Родные какъ-то считаются. Только она изъ другого мѣста. Я южный... слышите не бось по говору...

Онъ дѣйствительно, произносилъ горломъ звукъ "г".

— Малороссъ?

— Нѣтъ, я орловскій, только туда къ Воронежу... тамъ не далеко и до хохловъ... Да, подитко, продолжалъ онъ, наливая мнѣ стаканъ:— какъ попритчилось. Я замѣчалъ, что въ разстройство приходила. Но обманнымъ образомъ вела себя: поѣду, говоритъ, домой.. Одно мнѣ подозрительно показалось: былъ я у нея третьяго дня — случилось въ Москву ѣздить... Только она укладывается и начинаетъ все номерной прислугѣ раздаривать, калоши тамъ, изъ бѣлья кое-что, подушку. Мнѣ говоритъ: возьми одѣяло фланелевое. Мы съ ней вѣдь и на ты, и на вы, я ее и Надей и Надеждой Ѳедоровной, какъ случится... Такъ вотъ — онъ затянулся:— этакъ мы калякали... я ей и говорю:— да зачѣмъ вы, Наденька, вещи ваши раздариваете?.. Вотъ первое дѣло — одѣяло. Въ дорогѣ, ночью, продрогнете... Нешто замужъ собираетесь?..

Улыбка растянула его и безъ того огромный ротъ.

Мнѣ съ нимъ было удобнѣе, чѣмъ съ Чулковымъ. Его грубоватость смягчалась добродушіемъ.

— Но вы не догадывались? спросилъ я.

— Не то чтобы совсѣмъ невдомекъ... Вы Серёжку знаете?

— Кого?

— Ну, Чулкова?

— Какъ же... мы часто видаемся...

— Все дѣло въ немъ... Я ей говорилъ: — Надежда, что ты сохнешь? Вѣдь глупо. Малый — лодырь, фертъ, кудрями да маншетками преисполненъ... Поигралъ съ тобой насчетъ развитія, да и на попятный... Такой тебѣ не пара. Вы какъ его разумѣете?

— Уменъ, воспріимчивъ, любитъ красоту...

— Юпку любитъ, это точно. Могъ бы работать. Зимой ходилъ въ лабораторію, экзаменъ ловко отзудилъ... Да въ головѣ не то!.. Все ему конфектъ подавай, сластёна!..

Я хотѣлъ было спросить его намекомъ, какъ далеко зашли отношенія Надежды Ѳедоровны къ Чулкову, но воздержался. Студентъ точно понялъ мою мысль.

— Вѣдь если его взять на цугундеръ, продолжалъ онъ:— извѣстное дѣло, онъ будетъ говорить: я нешто виноватъ въ томъ, что она въ меня втюрилась, между нами ничего серьёзнаго нѣтъ... Это-то правда!

Онъ мнѣ кивнулъ головой и смолкъ.

— Пойти посмотрѣть, не проснулась ли. Вы посидите. Я сейчасъ.

— Можетъ, Надеждѣ Ѳедоровнѣ непріятно будетъ?

Онъ оглянулъ меня.

— То есть вы хотите сказать... насчетъ вчерашняго? Ну, я спрошу... Разумѣется...

И, не досказавъ, онъ выдвинулся съ балкона все той же качающейся походкой.

Много деликатности почуялось мнѣ въ этомъ косматомъ блузникѣ. Видно было, съ какой нѣжностью относится онъ къ своему пріятелю-дѣвушкѣ. Онъ не хотѣлъ скромничать; онъ показывалъ, что довѣряетъ мнѣ; но не сказалъ ничего безцеремоннаго. Чулкова онъ не уважалъ достаточно, поэтому и назвалъ его "лодыремъ" и "фертомъ".

— Все еще спитъ, вполголоса сказалъ Обычный, показываясь на порогѣ.— Вы посидите. Знаете, я ее предупрежу насчетъ васъ, когда она проснется; вы — свѣжій человѣкъ. Со мной-то ей какъ будто немного и совѣстно. Удрала глупость. Я вѣдь не умѣю сладко говорить. А вы вотъ и вчера ее какъ обработали. Небось, послушалась!

Онъ громко разсмѣялся и началъ наливать чай и мнѣ и себѣ.

Личико дѣвушки, какъ она наклонилась вчера надъ водой, встало предо мною необыкновенно живо.

— Деликатнаго здоровья? сказалъ я тономъ вопроса.

— Да, одни нервы и кое-какія мышцы. Чувствительность черезчурная. Самый неподходящій темпераментъ для жизни... по нашему. Пробовала она... не выходило. Музыку больно ужь любить, способности важныя. А это не годится, когда одинъ изъ органовъ чувствъ постоянно раздражается. Такъ вѣдь? И Сережка-то больше декламаціей дѣйствовалъ. Все поэтовъ читалъ...

Онъ не договорилъ и прислушался.

— Никакъ постучалъ кто-то... рядомъ... Это она проснулась. Скажу. Вы не уходите. Я мигомъ... чай пить буду звать сюда.

На этотъ разъ онъ пропадалъ минутъ съ десять. Дожидаясь ихъ прихода, я былъ не то что въ волненіи, а вовсе не такъ спокоенъ, какъ бы слѣдовало, насколько я себя знаю. Я глядѣлъ черезъ шоссе, вдаль, нарочно отгонялъ отъ себя всякую мысль о томъ, что вотъ судьба столкнула же меня съ дѣвушкой, умѣющей такъ пылко любить, но въ головѣ все что-то копошилось. Эта маленькая "Наденька", съ ея "чувствительностью", изъ "однихъ нервовъ", окутанная свѣтомъ луны, надъ дремлющимъ прудомъ. Потомъ ея смущеніе, ея слезы, ея кротость, когда я приказывалъ ей одѣться, не шалить больше, идти почивать.

Я почувствовалъ, что щеки мои разгорѣлись, а глаза стали влажны. Но я не испугался. На этомъ студенческомъ балкончикѣ, около самовара, въ ожиданіи прихода молодыхъ людей, мнѣ было очень хорошо. Когда заслышались шаги въ корридорѣ я долженъ былъ подавить свое волненіе.

XXIX

— Наскучались? раздался позади меня голосъ Обычнаго.

Я обернулся. За нимъ виднѣлась бѣлорукая голова въ кудрявыхъ волосахъ и блѣдное личико. Да, сходство съ Селиной было несомнѣнно! Мнѣ оно бросилось въ глаза гораздо сильнѣе. Но та смотрѣла "херувимомъ", а Наденька — мнѣ такъ легче называть — совсѣмъ не красавица.

— Садитесь, садитесь, говорилъ онъ ей, пропуская ее къ самовару.— Вотъ гость нашъ. Мы уже съ нимъ по два стаканчика обработали.

Наденька продвинулась впередъ и подала мнѣ руку, съ наклоненной головой. Взгляда ея я не могъ схватить. Но она смотрѣла скорѣе утомленной, чѣмъ смущенной. Лицо было очень блѣдно, ни одной кровинки. Разспрашивать о ея здоровьѣ я, разумѣется, не сталъ. Обычный шумно началъ наливать чай.

— Что же вы, Наденька, лицомъ къ солнцу разсѣлись? повернитесь вотъ такъ... Я вамъ чаю налью, вы вѣдь сами-то не ахти какъ распоряжаетесь съ самоваромъ.

— День-то какой! сказала она тихо, чуть взглянувъ на меня и то какъ-то бочкомъ.

— А вотъ, други милые, перебилъ ее Обычный: — вѣдь мнѣ надо бѣжать на выселки, захватить Догуляева, а то онъ укатитъ на машину. Совсѣмъ забылъ. Наденька, я часика полтора буду въ походѣ: вы ужь посидите у меня хозяйкой.

— Идите, такъ же тихо выговорила она.

— Я мигомъ. Папиросочку желаете?

— Нѣтъ, спасибо.

— Ну-съ, до свиданія.

Онъ пожалъ мнѣ руку и глаза его говорили: "ужь вы извините, я немножко и похитрю".

Наденька не обернулась въ его сторону. Ее охватила особенная неподвижность. Ея нервы, должно быть, нуждались въ этомъ. Я не хотѣлъ затягивать паузы, чтобы ей не сдѣлалось неловко.

— Что же вы чай-то не кушаете? сказалъ я ей попріятельски и съ улыбкой поглядѣлъ на нее.

Отъ моего тона она вздрогнула немножко.

— Сейчасъ, кротко выговорила она.— Задумалась, извините. Нѣтъ, не то что задумалась, я все еще не отошла.

— Отчего?

— Не отошла... я такъ называю, когда сонъ еще не совсѣмъ стряхнешь съ себя.

— И прекрасно, подхватилъ я.

— Да, продолжала она: — и ничего во снѣ не видала. Вы... васъ какъ зовутъ?

— Павелъ Иванычъ.

— Павелъ Иванычъ! вдругъ вскричала она, сдерживая звукъ своего голоса: — вы не думайте, что тутъ... Она оглянулась на сосѣдній балконъ: — что тутъ кто-нибудь виноватъ? Никто!

Я сдѣлалъ движеніе въ знакъ того, что я ничего такого не думаю.

— Вы отпили чай?

— Отпилъ.

— Мнѣ не хочется что-то... я послѣ молока... тамъ на фермѣ... Пройдемтесь, время такое. Хотите?

Въ глазахъ ея заискрилось. Она глядѣла на меня, уже какъ на "друга", ей хотѣлось говорить со мной.

Мы вышли на шоссе.

— Ивановскій гротъ знаете? спросила она, когда мы подходили къ парку.

— Нѣтъ, еще не былъ.

— Гротъ-то завалили, а дорога туда славная. Мы пойдемъ мимо пчельника.

Шли мы сначала рядомъ, а съ поворота налѣво — гуськомъ. На дорогѣ были колеи, еще не высохшія отъ недавняго дождя. Наденька — я чувствовалъ это — не находила того слова, которое бы помогло ей начать со мною разговоръ, такъ какъ ей, вѣроятно, хотѣлось... Я тоже не находилъ настоящаго слова.

На пчельникъ мы не зашли. Дальше, ворота въ лѣсъ и избушка. Тутъ мы остановились.

— Отсюда надо взять направо, сказала она.— По тропинкѣ... Тамъ, вдоль ручья, очень хорошо. Поищу, нѣтъ ли земляники. Вы умѣете?

— Плохо, близорукъ.

— Ну, я за двоихъ буду.

И она начала искать по дорогѣ ягодъ. То уходила въ кусты то останавливалась подъ деревомъ и по долгу оглядывала траву. Все это она дѣлала, наполовину, для того, чтобы скрыть свое смущеніе. Но я радъ былъ уже и тому, что она около меня гуляетъ, ищетъ ягодъ, что мысль ея хоть чѣмъ-нибудь отвлечена въ сторону. Такъ мы прошли вплоть до того мѣста, гдѣ былъ "гротъ". Это глухое и очень красивое мѣсто, красивое по очертаніямъ деревьевъ, по извилинѣ ручья, по чередующимся полосамъ свѣта и тѣни.

Мы присѣли на подъемѣ, около самаго того кургана, гдѣ былъ гротъ. Лицо Наденьки разгорѣлось, волосы немного сбились на лобъ. Выраженіе вышло еще болѣе дѣтское.

— Вотъ я сколько набрала, протянула она мнѣ руку съ большимъ кленовымъ листомъ, на которомъ крупныя алыя ягоды поднимались цѣлой кучкой.

Я сѣлъ рядомъ.

— Берите, берите... Назадъ пойдемъ — я еще наберу... Петрусю...

— Кому? переспросилъ я.

— Петрусю... тому студенту, съ чудной фамиліей.

— Устали?

— Да, давно такъ не уставала. Павелъ Иванычъ! продолжала она другимъ голосомъ: — вамъ Петрусь что-нибудь сказывалъ про меня и про... другого человѣка...

— Про Чулкова?

— Да.

— Говорилъ.

— И не хорошо?.. Я ужь знаю. Послушайте! — она подсѣла ко мнѣ: — я не хочу, чтобы у васъ было дурное чувство... и къ нему... Никто ни въ чемъ не виноватъ. Видите ли, я должна вамъ разсказать. Когда я сегодня проснулась, я ничего не помнила. Точно ничего я не чувствую, ничего не было, что во мнѣ еще вчера такъ и стучало въ голову. И такъ прошло минуты двѣ, а можетъ и больше. Пришла я въ себя, вспомнила и, такъ на васъ сдѣлалась зла!.. Зачѣмъ, зачѣмъ вы меня удержали?

— И теперь злы?

Она смолчала.

— Нѣтъ, теперь не зла. Что же?.. я въ судьбу не вѣрю, а все-таки, можетъ быть, и я на что-нибудь и кому-нибудь пригожусь! Да, ужь того чувства нѣтъ. Вотъ явись онъ сейчасъ, помани, я не пойду... Не пойду! Да и гдѣ!.. вырвалось у нея горькой нотой, и она даже махнула рукой.

XXX

И точно кто ей далъ невидимый толчокъ, Наденька начала говорить тепло, сердечно, не какъ дѣвочка, а тономъ молодой женщины, осмыслившей то, что она пережила.

— Вы меня удержали, сказала она: — въ такую минуту, когда въ человѣкѣ дѣлается переломъ. Видите, пріѣхала я сюда, какъ и всѣ мы, въ науку. Кажется намъ, что мы на то только и созданы, чтобы книжки читать. А натура-то свое возьметъ. Вотъ у меня съ дѣтства наклонности были, если громко назвать, художественныя, и рисовать любила, и семи лѣтъ подбирала аккорды на фортепьяно, и пѣла. Здѣсь я было и сошлась съ цѣлымъ кружкомъ — хорошіе люди. Не выдержала. Чтожь! я прямо говорю: не достало гражданской доблести!

— Что же такое? спросилъ я, видя, что она остановилась.

— Вотъ возьмите моего Петруся — не салонный кавалеръ. Этого про него никакъ не скажешь. Но онъ со мною, какъ братъ... Иногда и "ты" мнѣ скажетъ, но задушевно и то больше съ глазу на глазъ. А тутъ: "Наденька, подъ сюда, Надька! принеси пару пива"!

Я выразилъ на лицѣ моемъ удивленіе.

— Не вѣрите?.. Я вѣдь не жалуюсь! Я не отступникъ, не перебѣжчикъ, я исповѣдуюсь хорошему человѣку — вотъ и все!.. По ихъ обычаямъ, это ничего... А мнѣ тяжело было... Петрусь называлъ это барствомъ. Однако... онъ не удивился, когда я отошла въ сторону... и заниматься стала другимъ... лучше же музыку порядочно знать, чѣмъ такъ межеумкомъ оставаться...

— Вы музыкантша?

— Учусь... Вы не подумайте, что для меня ничего больше не существуетъ? Нѣтъ! насмотрѣлась я на консерваторокъ: Боже избави отъ такого убожества... душевнаго! Все равно, что актрисы какія-нибудь. Ни одной книжки не пробѣгутъ, ни до чего имъ дѣла нѣтъ, кромѣ своихъ уроковъ, да профессоровъ, да сплетенъ... Я только все это разсказываю, чтобы вы видѣли почему... это меня такъ охватило.

Я понялъ, что это значило любовь къ Чулкову.

— Вы видѣли его? Разница есть съ Петрусемъ или съ другими такими же... Я не про наружность одну... Но не тѣмъ на меня пахнуло... Никто кругомъ ничего не говорилъ такого, что жило внутри. Ухо не щекотало... Все теоріи, вопросы... Безъ нихъ нельзя, я знаю... А если и собирались пѣть или стихи тамъ что-ли читать, то все плохо, грубо, просто видно, что люди рождены безъ этого чувства...

— Эстетическаго? подсказалъ я.

— Ну, да!.. она улыбнулась и прибавила:— Это слово я въ первое время и произносить-то боялась, засмѣютъ... А тутъ сразу человѣкъ угадываетъ, чего вамъ недостаетъ... Да еще дѣлаетъ это такъ умно, складно, безъ всякой рисовки... мнѣ такъ, по крайней мѣрѣ, казалось. И увлекается хорошо... Прочтетъ что-нибудь... звуки совсѣмъ не тѣ, какъ у прочихъ. Оттого что понимаетъ... И тебя онъ понимаетъ... Не станетъ нотацій читать, ни выговоровъ, ни насмѣшекъ: садитесь молъ, да зубрите геометрію; а вы тутъ вздоромъ всякимъ... гармонію какую-то изучаете, да стишки выдумали вслухъ произносить!..

Какъ только она заговорила о Чулковѣ, щеки дѣлались все розовѣе... Глаза заискрились, вся ея маленькая фигурка пришла въ нервное движеніе, но не болѣзненно, а весело. Въ тонѣ не было слышно горечи. Такъ говорить, на другой день послѣ попытки броситься въ прудъ — могла только отличная натура.

— Вонъ вы какъ хорошо на меня смотрите, вдругъ перебила она себя:— спасибо вамъ.

Она протянула мнѣ руку и сильно пожала.

— Вы это все понимаете, вотъ я вамъ и исповѣдуюсь. Петрусь всегда не любилъ его. Фертикъ, говоритъ, хлыщъ... и разныя другія прозвища, разумѣется за глаза... въ глаза не смѣлъ... хотя и былъ часто съ нимъ зубъ за зубъ. Онъ — художникъ!.. Не то что спеціалистъ; а художникъ въ жизни... И безъ этого нельзя, такъ ли, Павелъ Иванычъ?

Вопросъ этотъ зазвучалъ горячей нотой, цѣлымъ душевнымъ итогомъ.

— Еще бы! вскричалъ я.

— Вѣдь я бы такъ скоро не собралась, щукамъ на съѣденіе какъ острить Петрусь, еслибъ не эта мысль, что нельзя быть самой собой; скрывать нужно или наталкиваться на рѣзкости... Тоска! А тутъ выискался человѣкъ съ чутьемъ, или показался мнѣ такимъ... и то — вышла старая исторія... помните у Гейне?.. Вы съ нимъ давно знакомы, съ Чулковымъ-то? спросила она, опять не докончивъ.

— Недѣли двѣ не больше.

— Вѣдь это съ вами онъ разъ говорилъ въ цвѣтникѣ, такъ къ вечеру?

— Да, я васъ тогда видѣлъ.

— И онъ еще цѣлый день ѣздилъ съ ней... Съ кѣмъ — я долженъ былъ также понять.

— Скажите, она взяла меня за руку:— найдетъ онъ въ ней то, что намъ не дать ему?

Я молчалъ.

— Не найдетъ?.. Но онъ не виноватъ... что бы ни говорилъ Петрусь!.. Ну, что-жь! Со мною онъ не поступалъ оскорбительно!.. Прежде часто бывалъ, читалъ, былъ откровененъ, но никогда не сказалъ мнѣ, что любитъ, никогда! Клянусь вамъ! Никакого желанія завлечь меня. Если онъ красивъ, ловокъ, жилка у него есть особая... онъ за это не можетъ отвѣчать... Ахъ, Павелъ Иванычъ!— она опять взяла меня за руку:— не онъ, не онъ виноватъ. Я сразу почувствовала, когда его стало тянуть. Я видѣла ее. Да, она роскошная такая... Волосы какіе, станъ, руки... Туалетъ... Но вѣдь она... Нѣтъ, я не хочу бранить ее! Теперь у меня ужь перегорѣло, а десять дней... Она стала говорить тише:— мнѣ невыносимо было... Она его загубить думала я, такъ лучше же, пускай, мы оба погибнемъ.

— Какъ? перебилъ я.

Наденька поблѣднѣла, и глаза у нея закрылись.

— Да, я хотѣла, продолжала она, и все было готово... и револьверъ былъ... онъ у меня до сихъ поръ лежитъ въ комнатѣ. Три дня и три ночи это меня мозжило. По нѣскольку разъ на дню хваталась я за револьверъ... Сюда разъ пріѣхала, бѣгала по парку, но лѣсу, Петрусю на глаза не показывалась, искала ее. Потомъ идти къ ней на дачу рѣшила... Шла, и спокойно шла, увѣряю васъ, все во мнѣ точно остановилось... такъ и разочла все:— войду въ калитку, я знаю гдѣ она живетъ, поднимусь на террасу, скажу горничной, она выйдетъ, одинъ выстрѣлъ ей, другой себѣ... И даже — она усмѣхнулась, взглянувъ на меня:— обдумала, какъ я спущусь въ цвѣтникъ и тамъ выстрѣлю въ себя: не хотѣла марать полъ или ступеньки!.. Не смотрите на меня такъ!..

— Какъ?

— Вѣдь ужасно это, убить человѣка! А тогда — и давно

106

ли?— казалось необходимо, неизбѣжно, какъ и быть слѣдуетъ!.. Но меня вдругъ точно что дернуло, когда я за калитку рукой схватилась!.. И тутъ я рѣшила... одну себя... Ушла я въ лѣсъ, забралась туда, къ Петровскому парку, въ глушь. Не хватило силъ, страшно умирать такъ, отъ своей руки, Павелъ Иванычъ!..

Она закрыла лицо руками, и по всему ея нервному маленькому тѣлу пробѣжала дрожь.

— Страшно! повторила она.— Два раза принималась!.. Припадокъ сдѣлался, замертво упала; просыпаюсь, лежу подъ деревомъ, рядомъ пистолетъ... Тоска... такая тоска, что я только тѣмъ себя и утѣшила, что пообѣщала себѣ: съѣзжу въ Москву, скажу, что сдаю комнату, вещи роздамъ и сюда, ночью... на озеро... А остальное вы знаете.

Голова ея опустилась. Она, въ эту минуту, сидѣла на травѣ, обхвативъ свои колѣни.

— Вотъ и обѣ мы живы остались, заговорила она съ усмѣшкой.— А хорошо ли? Павелъ Иванычъ!.. загубитъ она его, вѣдь да?

— Нѣтъ, не загубитъ... У него не такая натура... Это слиняетъ съ него.

— Не такая?.. Ахъ, не знаю!.. Я бы пошла къ ней и теперь, я бы упросила ее.

— Да вы думаете, она завлекаетъ его?

— А то какже? рѣзко вскричала Наденька.

— Нѣтъ, не завлекаетъ. Врядъ ли даже не тяготится теперь и простымъ знакомствомъ.

Дальше я разсказывать не сталъ... И Наденька не разспрашивала. Ея исповѣдь такъ подѣйствовала на нее, что черезъ пять минутъ она спала.

Я сторожилъ ее цѣлыхъ два часа. Мы вернулись часу въ первомъ, побывали на фермѣ, пили тамъ молоко... Прелестная дѣвочка!..

XXXI

Сколько воды утекло въ какихъ-нибудь десять дней. Живутъ люди, живутъ — и я въ томъ числѣ... Все былъ "наперсникъ", а теперь... Но не буду забѣгать.

Наденька — я не могу уже называть ее по другому — не поѣхала въ деревню. Она поселилась на дачѣ, по близости, въ Ховринѣ. Дача эта состоитъ изъ избы, живутъ онѣ вдвоемъ съ пріятельницей, видной блондинкой — какой-то слушательницей курсовъ. У нихъ въ избушкѣ чисто, оклеили обоями, сами хозяйничаютъ. Дѣвочка моя, кажется, разсталась съ своей меланхоліей... Ходитъ къ нимъ Петрусь и бранится, хохочетъ, читаетъ ученыя книжки вслухъ. Мнѣ съ этой молодежью ужасно весело!.. Я бываю черезъ день. Бывалъ бы и каждый день, да совѣстно... Дорога туда пріятная, лѣскомъ, а потомъ по шоссе. Катаемся на тамошнемъ пруду, въ паркѣ, гдѣ, конечно, нѣтъ такого простора, какъ у насъ. Пріятельница Наденьки, Любовь Андреевна — большая затѣйщица. Ея общество чистый кладъ для нашей "больной", какъ я все еще про себя зову Наденьку. Какъ-то, третьяго дня, зашли мы въ бесѣдку Ховринскаго сада... И внизу въ гротѣ, и въ верхнемъ фонарикѣ съ цвѣтными стеклами, масса надписей и карандашемъ, и вырѣзанныхъ. Наденька начала ихъ читать обыкновеннымъ голосомъ, да вдругъ какъ расхохочется.

Подскочила Любовь Андреевна, и вмѣстѣ прочли на распѣвъ:

> "Пятаго майя
> Купцы были,
> Семгу ѣли,
> Хвостикъ забыли!"

И опять разразились хохотомъ.

"Излечится, излечится!" радостно говорилъ я про себя, глядя на ея бѣлокурую головку... кудри вздрагивали отъ смѣха.

108

Мечтаетъ поставить въ углу пьянино... Кажется, финансы не позволяютъ... Что, еслибъ я могъ подъ какимъ-нибудь предлогомъ? Вотъ эти пріятныя мысли и бродили у меня въ головѣ, когда я подходилъ утромъ къ теплицѣ. Мои друзья четвероногіе опять проводили меня до калитки... "Вѣрный" начинаетъ вести бурную жизнь, пропадаетъ по цѣлымъ ночамъ... періодъ любви начался... У него уже прокушены правое ухо и верхняя губа, подъ самой правой ноздрей. Боюсь, что заведутся червяки. Но онъ бодрости не теряетъ. Предметъ его желаній — старая, лохматая шавка, "Фиделька", собака старшаго садовника. "Вѣрный" устранилъ всѣхъ соискателей и такъ и живетъ maritalement въ сѣняхъ, рядомъ съ Фиделькой. Только со мной еще водитъ дружбу. Приласкается немного, повиляетъ хвостомъ — и къ Фиделькѣ. Основательный "первый любовникъ".

Заглянулъ я въ отдѣленіе парниковъ, нѣтъ ли младшаго садовника: купить три-четыре горшка, чего-нибудь понаряднѣе, изъ свѣжихъ розъ или махровыхъ фуксій... Мои ховринскія отшельницы третяго дня говорили: "какъ бы хорошо оживить чертоги" (онѣ такъ называли свою избушку) цвѣтами. Пошлю съ мальчикомъ и не велю говорить отъ кого.

У парниковъ садовника нѣмца не оказалось. Я отворилъ дверь въ теплицу. Оттуда пахнулъ на меня влажный, насыщенный воздухъ, любимый мною съ дѣтства, когда я цѣлыми часами возился въ оранжереяхъ и "простѣнкахъ". Сверху ползли отпрыски орхидей, прямо пестрѣли цвѣты, съ боковъ пробивались лапчатые и перистые листья пальмовыхъ растеній. Кто-то стоялъ въ лѣвомъ углу, наклонясь надъ горшкомъ, который держалъ въ рукахъ. Больше никого не было въ теплицѣ.

По близорукости, я не сразу узналъ Чулкова, и окликнулъ его:

— Сергѣй Петровичъ!

Онъ поднялъ голову. Подошелъ я къ нему, вглядѣлся въ него и былъ изумленъ перемѣной: щеки отвисли, носъ обострился, лицо желтое, волосы сухіе, падаютъ на лобъ, шляпа на затылкѣ. Только въ глазахъ блескъ и блескъ странный, точно мигающій.

Поздоровавшись со мною, онъ поднесъ мнѣ подъ самый носъ горшокъ съ какимъ-то низменнымъ растеніемъ. Широкіе, мясистые и круглые листья покрыты волосиками.

— Видите, заговорилъ онъ:— вотъ я муху туда положу... она уже мертвая... смотрите, смотрите...

И онъ устремилъ глаза на одинъ изъ листковъ, куда положилъ мертвую муху. Я тоже сталъ смотрѣть. Листокъ пришелъ въ движеніе, началъ свертываться-свертываться и совсѣмъ свернулся.

— Не знаете этого растенія? глухо и насмѣшливо спросилъ Чулковъ.

— Имѣю понятіе.

— Плотоядное!.. А растеніе... прозябаетъ; и должно питаться животной пищей. И муху всосетъ въ себя, и червяка, и кусочекъ ростбифу — что угодно... Это вамъ не напоминаетъ такіе организмы между людьми, тоже, въ своемъ, знаете, родѣ, растенія?.. Вбираетъ въ себя, сосетъ, и самымъ простымъ механизмомъ... Вотъ погодите, листикъ раскроется... и отъ мухи мокренько не останется... ничего... А вѣдь не мудреная штука!.. Прозябаетъ!.. Мысли нѣтъ!.. и нервовъ никакихъ нѣтъ; просто себѣ засасываетъ и безъ остатка... Ха-ха!..

Все это выговорено было съ усмѣшкой, отрывистыми звуками.

— Гдѣ вы пропадали? спросилъ я.

— Гдѣ былъ, тамъ меня нѣтъ!.. такъ, путался, какъ у насъ говорятъ... Вотъ и теперь шатаюсь... дежурный я ныньче, надо идти анализъ дѣлать на ферму... А я вотъ въ теплицу забрелъ, мухоловку началъ штудировать... Пойдемте отсюда, душно здѣсь!..

Онъ выбѣжалъ изъ теплицы. Я отправился вслѣдъ за нимъ. Чулковъ остановился и спросилъ меня скороговоркой:

— А вы тутъ что же?

— Ищу садовника.

— На что вамъ?

— Нужно, кратко отвѣтилъ я. Мнѣ не хотѣлось говорить ему про цвѣты.

— Пойдемте, онъ долженъ быть тамъ, въ питомникѣ.

По дорогѣ, мимо зданія, гдѣ аудиторія съ хозяйственнымъ музеемъ, мы молчали. Онъ шелъ передо мной, свѣсивъ голову, и качая ею слегка, вялой, раскидистой походкой. Около садика, вправо, гдѣ видна зеленая, прозрачная бесѣдка, Чулковъ остановился. Къ оградѣ подбѣжали дѣти — мальчикъ и дѣвочка. Я уже давно ихъ примѣтилъ: они играютъ всегда вмѣстѣ, мальчикъ лѣтъ десяти-одиннадцати, въ синей матросской курткѣ, съ умнымъ лицомъ, ловкій и гибкій, дѣвочка въ хохлацкой рубашкѣ, съ распущенными по плечамъ бѣлокурыми волосами.

Я подошелъ.

— Вонъ какъ куралесятъ, указалъ рукой Чулковъ.

Дѣти копались на землѣ. У нихъ подъ кустикомъ была вырыта яма съ водой; къ ямѣ шла лѣсенка; мальчикъ подталкивалъ по лѣсенкѣ большую лягушку, одѣтую въ цвѣтныя тряпочки.

— Купать ее будемъ! крикнула дѣвочка: — а потомъ она у насъ позавтракаетъ.

— Отпрепарируешь ее? спросилъ мальчика Чулковъ.

— Нѣтъ, отвѣтилъ тотъ дѣловымъ тономъ: — я ужь довольно съ ними занимался. Вотъ теперь у меня летучая мышь сохнетъ. Хотите покажу?

— Въ другой разъ, сказалъ Чулковъ.

— И голова цапли!.. Черви завелись, сыро!

— Естествоиспытатель, указалъ Чулковъ головой на мальчика.

Дѣвушка нагнулась надъ лягушкой и стала ее кормить, поставила передъ ней столикъ и что-то такое положила на него. Все это дѣлалось серьёзно, и было смѣшно. Я бы охотно простоялъ тутъ еще, чтобы поболтать съ дѣтьми и хорошенько съ ними ознакомиться; но Чулковъ двинулся и взялъ меня съ собой въ питомникъ.

— Зайдите потомъ на ферму, коли не видали еще нашихъ четвероногихъ.

Въ питомникѣ мы не нашли садовника.

— Фу, какъ паритъ! утомленно выговорилъ Чулковъ, снявъ шляпу.

Мы были уже около коровника и конюшенъ.

— Знаете что, остановилъ онъ меня за руку:— не могу я идти туда!.. Душитъ меня... пройдемтесь немного по аллеѣ, хотя до пруда дойдемъ...

Его точно метало изъ стороны въ сторону. И меня удивило то, что его обычная словоохотливость совсѣмъ пропала. Голосъ тоже измѣнился. Даже рубашка была на немъ смятая.

XXXII

Мы попали въ ту самую аллею лиственницъ, по которой еще такъ недавно шли въ Останкино.

Чулковъ еле добрался до скамьи передъ прудомъ — такъ онъ былъ измученъ.

— Да что съ вами, вы нездоровы? спросилъ я.

Онъ обвелъ меня затуманенымъ взглядомъ.

— Всю ночь ходилъ.

— Не ложились?

— Нѣтъ.

— Что же такъ?

— А вотъ такъ! Эхъ, Павелъ Иванычъ, гдѣ нашему брату-студенту требовать, чтобы поняли насъ по-человѣчески!..

Слезы послышались въ горлѣ. Онъ ихъ подавилъ.

— Вы помните... тамъ, въ Останкинѣ... ну, я погорячился... сознаюсь, глупо было... Но зачѣмъ же такъ постыдно вести себя? Иду — нѣтъ дома, въ городѣ, жду день, два, три... Пишу... ну, много, на трехъ листахъ... Такой женщинѣ какъ же можно осилить студенческое посланіе? Не дочла, извѣстное дѣло! Гдѣ же?.. Глаза портить! Да и по писанному трудно! Развѣ мой плачъ, раны мои сердечныя... что-нибудь да значатъ?.. Вы думаете, вдругъ спросилъ онъ порывистѣе, вскочивъ со

112

скамьи:— вы думаете, я только для себя... о своихъ собственныхъ чувствахъ?.. Она-то, она что изъ себя дѣлаетъ?.. Неужели затѣмъ она такъ долго хранила себя, соблюдала, не знала любви, не вѣрила ни одному мужчинѣ, чтобы отдаться — кому?! Вѣдь онъ на нее смотритъ, какъ на кокотку, онъ подсмѣивается, сбиваетъ съ толку, увѣряетъ, что изъ нея пѣвица будетъ первоклассная... И когда она ему на шею кинется, что онъ изъ нея сдѣлаетъ? что?..

Чулковъ дико крикнулъ это слово и опять сѣлъ на скамью.

— Она вамъ не отвѣтила?

— Отвѣтила! Ха-ха-ха! на сѣро-зеленой бумажкѣ, поперекъ, съ птичкой... пять строкъ, безъ запятыхъ... "Вы, пишетъ, смущаете меня, я не подавала вамъ повода". Къ чему повода? Да развѣ этакъ можно писать человѣку съ сердцемъ, къ тому, кто всю свою душу... Да что тутъ! Гадость, гадость, позоръ! Ну, я, какъ въ бѣлой горячкѣ, и пробѣгалъ всю ночь по парку. На другой день иду... Не спрашиваю: дома или нѣтъ? Прямо на террасу... Сидитъ она и вашъ прiятель Ворокуевъ на стульчикѣ, у ногъ ея... да-съ... и шерсть держитъ, а она разматываетъ... Ни дать, ни взять, какъ на картинкахъ... Геркулесъ и эта, какъ-бишь ее... Ну, да все равно.

— Ворокуевъ? переспросилъ я.

— А вы какъ бы думали? Эстетикъ! Линiи!.. Ха-ха-ха! А у самого, точно у сатира, губы-то такъ и выпятились... и ноги чуть не козлиныя... Мнѣ до него нѣтъ дѣла. Это такъ... изъ библейскихъ старцевъ... Только отъ всей-то картины противно сдѣлалось... Вашъ прiятель поднялся, покраснѣлъ... Я говорю: "продолжайте, не стѣсняйтесь"... Она молчитъ. Я не могъ выдержать... началъ тутъ же, при господинѣ Ворокуевѣ... Онъ вамъ говорилъ?

— Я его не видалъ.

— Пропадетъ!.. И онъ туда же! Вѣдь и ему не линiи нужны! А того, чего и той широкой, барской утробѣ. Только онъ нехитрѣе. Господи! Павелъ Иванычъ! Такъ гадко, такъ гадко было!.. Я не помнилъ, что я говорилъ... То есть, нѣтъ, я вру, я говорилъ, что у меня накипѣло... Я на мѣстѣ бы умеръ... и у меня вырвалось: "Легче мнѣ будетъ и самому съ собой покончить, и съ вами!.." Она вдругъ поблѣднѣла, а вашъ Ворокуевъ заржалъ... да-съ, заржалъ... И что же говоритъ она: "вынимайте пистолетъ, если онъ при васъ"... И подошла ко мнѣ близко-близко. Павелъ Иванычъ! Что со мной было!.. Я ея не задушилъ руками!.. Не понимаю... Головокруженіе со мной сдѣлалось... Я очнулся въ саду, на скамьѣ, помните, мы съ вами тамъ сидѣли, подъ деревомъ. И вашъ пріятель стоитъ предо мною, ухмыляется и говоритъ: "коли, дескать, не приготовили огнестрѣльнаго оружія, такъ не стоило и трагедію разыгрывать — не страшно!" Зачѣмъ это, Павелъ Иванычъ? А еще эстетикъ!.. И вышло все такъ пошло! Мальчишка пришелъ, наоралъ, изъ игрушечнаго пистолета хотѣлъ горохомъ выпалить... А Евгенія Дмитріевна изволила уѣхать... Лучше бы за городовымъ послала горничную... Вотъ какая исторія... Красиво, а?

Голосъ у него перехватило. Онъ сталъ обрывать иглы съ вѣтви лиственницы и все улыбался.

— Ничего, сказалъ я.

— Какъ ничего?

— Слиняетъ. Вы молоды.

— Эхъ, Павелъ Пванычъ! У васъ, должно быть, питейный декохтъ въ жилахъ-то переливается... Ну, я опозоренъ былъ. Но это такъ не пройдетъ. Она думаетъ, что я пугать ее приходилъ, вотъ какъ самодура-купца приказчикъ у Островскаго. Какъ-бишь это называется пьеса? Да! "Не все коту масляница". Этакъ вѣдь? Ну, хорошо... Она увидитъ...

— Что вы собираетесь дѣлать, Чулковъ? спросилъ я его построже, но протянулъ ему руку.

— Что? логика вѣдь во всемъ должна быть! Не такъ ли, Павелъ Иванычъ? Когда вы видите, что сейчасъ откуда-нибудь польются вонючія помои и загрязнятъ цвѣтокъ — ну, простите, что въ поэзію вдался — что слѣдуетъ дѣлать? Срѣзать этотъ цвѣтокъ? Сразу!.. Онъ умретъ, но не будетъ загаженъ. А потомъ... ну, да что тутъ размазывать!..

"Да вѣдь это тоже, что и въ Наденькѣ происходило", пронеслось у меня въ головѣ, и я хотѣлъ-было остановить его

114

разсказомъ о ней, но удержался. Я не имѣлъ на это права. Это была ея душевная святыня. Предо мною билась молодая натура. Она была гораздо страстнѣй, чѣмъ я думалъ. Этотъ студентъ могъ и себя загубить, и положить на мѣстѣ любимую женщину. Въ другой разъ онъ явится уже не съ пустыми руками. А тутъ еще оскорбленіе, стыдъ отъ глупой выходки. Какъ быть? Уговаривать было безполезно. Предупредить — необходимо.

Чулковъ всталъ и протянулъ мнѣ руку.

— Пора! крикнулъ онъ.

— Куда? испуганно переспросилъ я.

— Вы думаете къ ней, сейчасъ?.. Нѣтъ!.. Мы увидимъ, что дальше будетъ.

— Сергѣй Петровичъ! началъ-было я.

— Милый человѣкъ, не убивайтесь... Простите, что разстроилъ.. Натуришка поганая... сейчасъ все выболтать нужно... На ферму пора!..

Онъ бросился почти бѣгомъ. Я вернулся въ питомникъ, разстроенный, чувствуя приближеніе грозы. Надо было отыскать Ворокуева. Онъ теперь сдѣлался, какъ видно, habitué дачи съ террасой. Говорить съ самой Евгеніей Дмитріевной было безполезно. Она, навѣрно, смотритъ на Чулкова, какъ на бѣшенаго мальчишку.

Вышелъ я въ цвѣтникъ. Около боковыхъ куртинъ работалъ садовникъ въ рубашкѣ и фартукѣ, дюжій, рябоватый малый. Мы съ нимъ уже давно раскланиваемся. Онъ что-то сажалъ изъ горшочковъ.

— Что садите, Иванъ? спросилъ я.

— Лабеліи.

Его загорѣлое лицо улыбнулось мнѣ безмятежно.

"Неужели у него есть какая-нибудь зазноба?" подумалъ я.

— Помощника гдѣ бы мнѣ сыскать?

— А вамъ на что?

Я ему разсказалъ.

— Вотъ дайте срокъ, сейчасъ посажу... Повремените подъ липкой-то. Мы вамъ все это справимъ.

Я сѣлъ подъ одной изъ большихъ липъ и поджидалъ, пока Иванъ покончитъ со своей куртиной.

Радостно смотрѣлъ цвѣтникъ. Вдоль баллюстрады пестрѣли только-что посаженные тепличные цвѣты... Въ вазахъ изъ терракотты и ящикахъ раскинулись листы алые... Изъ-за балясинъ видны были штамповыя розы, въ три яруса... Противъ меня въ углубленіи лужка, сжатаго двумя рядами липъ, выступалъ старинный павильонъ, съ пролетомъ посрединѣ, задернутымъ парусиной.

Я думалъ, какіе я цвѣты выберу съ Иваномъ для Наденьки.

XXXIII

Послѣ обильнаго, бодрящаго дождя, стоялъ прелестный вечеръ... Съ вѣтвей слетали капли, трава ярко зеленѣла и точно играла на солнцѣ: отъ всѣхъ деревьевъ шли тонкія струи освѣжающихъ запаховъ... Все въ этой радостной природѣ говорило мнѣ по пути: "Живи и ты, дерзай! полно тебѣ уходить въ свою скорлупу... Что за бѣда, что молодость крови прошла, отчего же и тебѣ не... любить?"

Это слово явственно слышалось мнѣ. Вчера Наденька была такъ тронута моимъ подаркомъ... Она, разумѣется, догадалась, отъ кого присланы цвѣты... Мнѣ удалось также уладить дѣло объ инструментѣ... Я ей предложилъ работу. Она согласилась. На этой же недѣлѣ будетъ готова часть перевода... Вотъ и деньги за наемъ піанино. О Чулковѣ не было произнесено ни одного слова. Будь она другой натуры, я бы утѣшилъ ее тѣмъ, какъ онъ самъ теперь убивается. Ворокуева я не могъ предупредить — не засталъ дома. Должно быть, онъ состоитъ теперь безсмѣннымъ адъютантомъ при Евгеніи Дмитріевнѣ.

Но и блондинка, и студентъ, и профессоръ, и князь — все это отошло въ какую-то дымчатую даль. Я шелъ, вдыхая воздухъ и прислушиваясь къ голосамъ благоуханнаго вечера...

"Надо и тебѣ знать хоть уголокъ земного счастія", шептали

116

мнѣ и деревья, и кусты, и цвѣты, и травы: — "довольно ты помаялся съ людьми, забывая о себѣ... Пригрѣй эту маленькую, настрадавшуюся дѣвушку... Заставь ее забыть про чернооко втудента. Ты ее понимаешь. И она тебя пойметь, и перестанеть думать про то, что тебѣ за сорокъ лѣть".

Я повернулъ въ лѣсъ, ведущій къ Петровскому парку. Узкая дорожка по валу заманивала меня... Но — чу! Кто-то идеть, ниже, по опушкѣ лѣса. Я остановился... Это была пара... Евгенія Дмитріевна и князь... Окликнуть ихъ, выдти къ нимъ я не хотѣлъ. Она все замедляла ходъ, опираясь на его руку и глядя, снизу вверхъ, въ его красивые глаза.

— Устала... послышалось мнѣ.

Они присѣли. Князь лѣниво облокотился о широкій стволъ сосны. Евгенія Дмитріевна нагнулась къ его плечу. Ея полуобнаженныя руки обвились вокругъ его шеи... Раздался продолжительный поцѣлуй.

Я почти бѣгомъ пустился назадъ. Въ ушахъ у меня звенѣлъ все этоть поцѣлуй. И она полюбила — эта обличительница мужскихъ инстинктовъ... и вѣроятно, туть, только сейчасъ... не сдержала себя! безъ всякихъ словъ и объясненій бросилась на шею къ этому скучающему, ученому барину.

И у всѣхъ страсть, у всѣхъ, кромѣ меня. Отчего же мнѣ заглушать простое, теплое чувство, надежду на откликъ женской, настрадавшейся души?..

Только къ выходу въ паркъ я замедлилъ шаги. Точно эта пара гналась за мной. Я даже разсмѣялся надъ самимъ собою. Въ сорокъ слишкомъ лѣть — и такая стыдливость. Пускай ихъ цѣлуются... Не желаю только, чтобы Чулковъ нашелъ ихъ... Тогда можеть выдти что-нибудь печальное...

Путь свой я направилъ къ березовой, бесѣдкѣ, по ту сторону озера. У входа въ нее сталкиваюсь съ Ворокуевымъ.

— Вы не встрѣчали ея? спрашиваеть онъ меня отрывисто, и оглядывается въ разныя стороны.

— Кого, ее?

— Ну, Евгенію Дмитріевну?

— Искать ее я вамъ не совѣтую теперь, сказалъ я, значительно поглядѣвъ на него.

Ворокуевъ покраснѣлъ и какъ-то заметался. Я его не видалъ больше недѣли. Онъ загорѣлъ, точно еще полысѣлъ и въ глазахъ у него явилась совершенно небывалая тревога.

"И онъ, подумалъ я: — и онъ тронутъ тѣмъ же!"

Я почти насильно усадилъ его. По счастью, въ бесѣдкѣ не было никого. На мои вопросы Ворокуевъ отвѣчалъ почти съ раздраженіемъ.

Какъ только я выговорилъ имя Чулкова, онъ вскочилъ и началъ кричать:

— Вотъ они, нынѣшніе-то селадоны! Имъ надо тетрадки зубрить, да деревья измѣрять, а они наровятъ на даровщинку любовныя дѣла свои обдѣлывать! Хорошъ парень!.. Связать его надо!.. И что это за генерація такая? Какія понятія о долгѣ, о логикѣ чувства... Вотъ онъ разъ попугалъ... глупо, балаганно вышло, а потомъ подстережетъ и съ револьверомъ! Я въ этомъ вижу крайнее паденіе личности... Да, мы въ эти годы, науку любили превыше всего, передъ нами носились формулы, идеи, категоріи... Мы обнять всю міровую истину хотѣли... А тутъ — на-ко поди! Завожделѣлъ — и кончено!.. Ты моихъ красотъ и прелестей не признала — въ тебя пулю и въ себя! Да въ себя-то, какъ-то они больше мимо... рука не повинуется... а вотъ въ предметы-то своихъ любовныхъ чувствъ отлично стрѣляютъ!

Я далъ ему кончить. Въ этихъ выходкахъ я смутно узнавалъ Ворокуева. Слышалась рѣзкая нота личнаго раздраженія и особеннаго участія.

— Послушайте, Ворокуевъ, сказалъ я: — вы тутъ, какъ я вижу, не судья.

— Почему это? почти гнѣвно спросилъ онъ.

— Вамъ нравится эта женщина.

— Нравится, нравится! Чтожь изъ этого, батенька, что нравится? Я чту красоту, я ее вездѣ ищу, для меня...

— Линіи... перебилъ я: — мы знаемъ... Но тутъ, кажется, и не однѣ линіи.

— Что же? закричалъ онъ визгливо. — Такую женщину нужно только узнать, понять, когда придетъ минута...

— Да ужъ она пришла, тихо замѣтилъ я.

— Кто это вамъ сказалъ?

Онъ стоялъ безъ шляпы. Его лицо зардѣлось. Даже по всей лысинѣ разлилась краска.

— Повѣрьте, Ворокуевъ, взялъ я его за руку:— что если вы имѣете виды... тутъ...

— Этотъ толстый? перебилъ онъ, задорно сдвинувъ брови.

— Надо удовольствоваться ролью друга, продолжалъ я, глядя на него съ улыбкой: — да вѣдь такъ и удобнѣе изучать женскую красоту и натуру женщины.

Я не хотѣлъ трунить надъ нимъ. Но мнѣ не было его жаль... Онъ не могъ или не хотѣлъ быть искреннѣе. Ему, Ворокуеву, скептику и балагуру, совсѣмъ не пристало сердиться и волноваться, скрывая, какой червякъ гложетъ его. Еслибы Чулковъ видѣлъ своего сотоварища по страсти къ Евгеніи Дмитріевнѣ, ему хоть немного бы полегчало.

— Ахъ, все это гиль! взвизгнулъ Ворокуевъ и выбѣжалъ изъ бесѣдки.— Нечего тутъ лясы точить.

— Смотрите, крикнулъ я ему вслѣдъ: — не ходите въ лѣсъ, къ парку... Дождитесь лучше въ цвѣтникѣ!..

XXXIV

Мнѣ стало весело, но не отъ злобнаго чувства. Отчего же и Ворокуеву не любить... только зачѣмъ такіе окрики, такое генеральство!.. Вотъ и попрыгай теперь. А его забрало... это видно.

Не знаю, встрѣтилъ ли онъ пару въ лѣсу, искалъ ли онъ ее, но я никого не искалъ, и встрѣтилъ... не Евгенію Дмитріевну, а князя. Мы столкнулись съ нимъ въ цвѣтникѣ и такъ носъ къ носу, что неловко было не заговорить. Я вышелъ изъ аллеи, а онъ огибалъ кругъ... Шелъ онъ съ перевальцемъ и обмахивался платкомъ. Поклонился онъ мнѣ съ барскою вѣжливостью. Глаза насмѣшливо улыбались.

На углу стоялъ диванъ. Онъ на него опустился, пригласилъ рукою и меня.

119

— Вы все здѣсь? спросилъ онъ тономъ джентльмэна, благосклонно заговаривающаго съ человѣкомъ "приличнаго вида".

— Куда же мнѣ?.. сказалъ я нарочно поскромнѣе.— А вы заграницу сбирались?

— Да, паспортъ ужь въ карманѣ. Это самое сладкое чувство въ жизни русскаго! Не правда ли?

— Какъ кому?

— Всякому!.. Когда просидишь въ этой мурьѣ,— и онъ указалъ рукою въ сторону города: — такъ вамъ Берлинъ какой-нибудь покажется эльдорадо...

"Вѣрно вдвоемъ ѣдутъ", подумалъ я.

— Евгенію Дмитріевну давно видѣли? освѣдомился я, какъ ни въ чемъ не бывало.

— Недавно, отвѣтилъ онъ шутливо.

Это показалось мнѣ фатовствомъ дурного тона. Я способенъ былъ, при всей моей безобидности, дать ему понять, что ему не пристало такъ фарсить.

— Вы женаты? спросилъ я. Почему-то этотъ вопросъ сложился у меня самъ собою.

Князь сначала поглядѣлъ на меня искоса черезъ свое мясистое плечо.

— Нѣтъ еще, Богъ миловалъ!

— Но за то много вкусили... и такъ, sans garantie du gouvernement? продолжалъ я съ задней мыслью хоть слегка пощелкать его.

— Вкусилъ! вздохнулъ онъ дурачливо и заложилъ ногу на ногу.

— Въ разныхъ странахъ?..

Онъ круго повернулся ко мнѣ лицомъ и положилъ на мое колѣно пухлую, бѣлую руку, безъ перчатки.

— Вы думаете, я Богъ знаетъ какой coureur? А?.. Ошибаетесь. Я человѣкъ сантиментальный. И былъ жестоко наказанъ.

Толстыя вѣки его сомкнулись на минуту. Онъ, вѣрно, вспоминалъ что-нибудь. Улыбка не сходила съ ярко-красныхъ губъ.

120

— Жестоко? переспросилъ я.

— Вы не вѣрите? Оттого, что я не по лѣтамъ грузенъ? Tel que vous me voyez... безумствовалъ... и не однажды, а цѣлыхъ три раза, въ разныя времена. И каждый разъ, какъ дуракъ, лѣзъ въ ярмо! И всѣ мои пассіи... кончались тѣмъ, что... дѣлались дѣвками.. Вотъ вамъ и морализующее дѣйствіе любви!.. Съ тѣхъ поръ я ужь ко всѣмъ женщинамъ отношусь одинаково.

— То есть презрительно?

— Зачѣмъ? Но меня ужь эта удочка не береть.

— А если вамъ отдается женщина, заговорилъ я, глядя на него пристально:— красивая, свободная, съ страстной, нетронутой натурой?..

— Oh, là-là! Нетронутой!.. Этакихъ нѣтъ... А еслибы я и понравился... то это самообманъ... она, все равно, черезъ три недѣли скажеть мнѣ: va te promener, какъ только замѣтитъ, что я распустилъ нюни... Мнѣ этимъ некогда заниматься.

"Вотъ ты какъ", думалъ я, слушая лѣнивыя фразы князя. Но онъ не фатъ. Два-три звука вырвалось у него очень искреннихъ. Онъ просто извѣрился и усталъ. Навѣрно, въ эту минуту, сильно тяготится тѣмъ, что произошло въ лѣсу. Навѣрно, довелъ ее до порога и отправился домой, не пожелавъ продолжать "лобзаній".

— А какъ пѣніе Евгеніи Дмитріевны? спросилъ я.

— Вонъ ей надо изъ этого болота, съ нѣкоторою нервностью отозвался онъ.— Ничего не хочеть дѣлать, повторяеть все, что стара... И эта глупая обстановка... Студенты... Вы слышали? Тотъ юноша, съ кудрями... Онъ приходилъ дать ей первое предостереженіе... но безъ револьвера. Прекрасно эти господа наполняють свои вакаціи...

— Кровь кипить!

— Да вѣдь она и у насъ кипѣла. Только мы ревѣли, какъ бараны, и на колѣняхъ стаивали по цѣлымъ часамъ. Да, увѣряю васъ! А эти господа больше марціальнымъ способомъ: чуть-что — и выпалять. Вотъ мнѣ все говорять: почему вы не хотите каѳедру занять, вы человѣкъ независимый, со средствами. Слуга покорный! Вѣдь этакъ тоже попадешь въ предметь страстныхъ

121

поползновеній... Ха, ха!.. Сначала съ вами будутъ кокетничать, хлопать вамъ, адресы подносить, а потомъ чуть не по шерсти — и пафъ! Впрочемъ, вы не подумайте, что я имѣю зубъ противъ молодежи? Мнѣ это все равно, я сказалъ кстати. Она (онъ не назвалъ ее даже по имени и отчеству), какъ и всякая русская, не имѣетъ никакой выдержки. День проходитъ нелѣпо, въ болтовнѣ, въ лежаньи, въ развиваніяхъ господъ студентовъ и профессоровъ... вашъ пріятель, кажется... господинъ... какъ бишь его...

— Ворокуевъ.

— Да! Славная фамилія! Онъ очень размякъ... я наблюдалъ его раза два... Онъ совершенно также ведетъ себя, какъ я, года три тому назадъ... Только мнѣ тогда двадцать пять было, а ему...

— Онъ мой ровесникъ.

— Pardon!.. Все хорохорится, il fait la roue... какъ павлинъ... Думалъ, что онъ объективно изучаетъ женщину, что онъ эстетикъ... И вдругъ бухъ на колѣни и въ слезы, какъ я когда-то!

— Вы видѣли? сорвалось у меня съ языка.

— Ха, ха!.. Нѣтъ, не заставалъ! Но это будетъ!

"Ты, небось, доволенъ? тебя сейчасъ цѣловали", подумалъ я, опять съ раздраженіемъ, которое мнѣ самому не понравилось. Онъ — не фатъ! Это несомнѣнно. А что онъ раскусилъ Ворокуева и подсмѣивается надъ нимъ, такъ подѣломъ женолюбу!..

— Надо такую женщину взять въ руки... тогда будетъ артистка!..

— Возьмите, предложилъ я.

— Не моя спеціальность! Я ужь вамъ сказалъ, что этимъ не занимаюсь.

— Вы не lanceur?

— Нѣтъ! И ничего не выйдетъ, пока не воспылаетъ къ какому-нибудь тенору или баритону. Тотъ заставитъ пѣть сольфеджи, скрутитъ по своему, бить будетъ...

— Бить?

— Непремѣнно!.. Если итальянецъ или французъ!..

— И вы затѣмъ и гоните Евгенію Дмитріевну за границу?

— Вотъ вы какъ придираетесь... А что-жь! право!.. Безъ этого не выучится! Такой штукарь будетъ ее эксплуатировать, какъ Николини госпожу Патти, за то поставитъ на ноги...

— Будетъ довольна и бита!..

— Ха, ха, ха! разразился онъ, посмотрѣлъ на часы, всталъ, пожалъ мнѣ руку и сказалъ на прощанье:

— Никто отъ этого въ любовномъ дѣлѣ не застрахованъ...

— Отъ чего?

— Отъ битья!

"И его цѣловала сейчасъ красавица", мелькнуло у меня въ головѣ.

— Bonsoir, кинулъ мнѣ князь и пошелъ въ перевалку.

XXXV

По городской почтѣ получилъ я черезъ два дня письмо на цвѣтной бумагѣ. Почему-то я вспомнилъ Чулкова и, не раскрывая конверта, уже сказалъ себѣ: "это отъ Евгеніи Дмитріевны". Дѣйствительно, письмо было отъ нея!

"Добрый мой Павелъ Иванычъ, вы меня забыли. Въ садъ не хожу, вотъ и написала вамъ. Когда будете читать, я въ вагонѣ... Съ вами ужасно хотѣлось говорить передъ отъѣздомъ. Писать я не охотница, а все-таки, вотъ видите, пишу. Мы видѣлись счетомъ пять разъ, а въ васъ я друга почуяла. Только простите, не хотѣла вамъ исповѣдываться, какъ бы слѣдовало, дней десять тому назадъ. Вы ужъ навѣрно догадались... Да, Павелъ Иванычъ, и мой часъ пришелъ... Что хитрить?.. Вы знаете, какъ смотрѣла я на мужчинъ, какъ вольно дышала... а теперь поймалась... Выговорить вамъ это вслухъ было бы для меня труднѣе, чѣмъ написать. А ужъ вамъ на роду видно написано: быть духовникомъ и женщинъ, и мужчинъ... Во мнѣ ужъ что-то копошилось... Только я себя все подбадривала, не признавалась самой себѣ... И когда онъ сказалъ, что ѣдетъ въ среду на будущей недѣлѣ — такъ сказалъ, между прочимъ — у меня

123

подкосились ноги. Онъ замѣтилъ. Стыдно было за себя. Со мною онъ все такой же былъ. Ни одного слова... отъ души, но ласковъ, журитъ, шлетъ учиться въ Италію. А вчера упросила я его сама идти гулять. И какъ дура, какъ дѣвчонка, хуже того... кинулась ему на шею! Ахъ, какъ обидно! До сихъ поръ у меня щеки горятъ отъ сраму... Я не невинность изъ себя корчу... Обидно, что и я кончила тѣмъ, черезъ что "наша сестра" должна пройти... Я его не браню, не говорю, что онъ бездушный развратникъ. Не виноватъ онъ, что я для него просто женщина, какъ женщина. Онъ не сталъ и нотацій мнѣ читать, когда я его первая поцѣловала, онъ просто, какъ бы это сказать, подчинился. А черезъ двѣ минуты говоритъ: "пожалуйста, бросимъ эту идиллію, я для васъ неподходящій человѣкъ, вамъ тенора нужно". Все это очень просто, безъ насмѣшки. Но что бы онъ ни говорилъ, какъ бы ни поступалъ, я жить безъ него не хочу и не могу! Долго ли это будетъ? Всю жизнь? Годъ? мѣсяцъ? Не знаю. Но я въ вагонѣ и ѣду за нимъ. Пускай онъ везетъ меня въ Италію. Отказать не можетъ. Больше мнѣ ничего не нужно. Только бы его видѣть и слышать! Вотъ я какъ!

"Довольно о себѣ. Есть къ вамъ и просьба насчетъ нашихъ пріятелей: Чулкова и Ворокуева. Что мнѣ имъ писать? Юношу жалѣю; глупо онъ очень у меня выказалъ себя, да вѣдь я сама теперь чувствую, каково вамъ приходится, когда заберетъ. Ворокуевъ — тотъ все сдерживалъ себя, а самъ охъ! какъ сердился и на Чулкова, и на князя! Просто зачитывалъ меня по вечерамъ своими наставленіями до пѣтуховъ. Скажите ему, что я на него за это не въ претензіи. Только не слѣдуетъ съ нашей сестрой, у кого хоть маленькій умишко есть, такъ напяливать на себя эту эстетику какую-то. Онъ свой срокъ пропустилъ! Препротивный, между нами, мужчинка, такой же, какъ и другіе! Видите, какая я гадкая! Хоть на комъ-нибудь выместить то, что сама поймалась. Вы вотъ только въ сторонѣ стояли... на меня никакихъ видовъ не имѣли... за то мнѣ и легко думать о васъ... Позвольте на прощанье васъ поцѣловать... Павелъ Иванычъ! на сердцѣ тяжесть нестерпимая!.. И горько, и смутно, и стыдно... Неужели, это-то и есть любовь?"

"Евгенія".

Письмо писалось на черно, съ помарками, безъ запятыхъ. Отъ него пахнуло на меня правдой и натурой! Погибнетъ? можетъ, и нѣтъ.

Перечелъ я письмо еще разъ. Что-то странное вызвало оно во мнѣ. И мнѣ точно сдѣлалось стыдно. Та молодая женщина... а я?.. Пятый десятокъ!..

— Дома? крикнули съ улицы.

— Дома, откликнулся я, узнавъ голосъ Ворокуева.

— Выходите! Нужно! Не стану я у васъ закупориваться!

Я вышелъ. Онъ прямо кинулся ко мнѣ.

— Знаете?

— Знаю, отвѣтилъ я, понявъ, въ чемъ дѣло.

— Слѣдъ простылъ!.. Укатила за-границу!.. Бросилась за нимъ!.. Это просто мерзость! Идемте, идемте! вонь здѣсь какая, дѣтскими пеленками пахнетъ.

Онъ меня тащилъ за руку. Мы дошли до луга. Тутъ Ворокуевъ остановился, не выпуская моей руки.

— Нѣтъ, каково? Что это за мерзость!

— Да въ чемъ же мерзость-то? кратко спросилъ я.

— Что вы, батюшка, идіота-то изъ себя корчите?.. Гдѣ же послѣ этого хоть капля сознанія своей силы!.. Женщина съ такимъ лицомъ, пластика, хоть на виллу Людовика, руки, носъ, подбородокъ!... вѣдь я ее изучалъ изо дня въ день... вѣдь тутъ бездонная бочка античной красоты была заключена!.. И что же? Кинуться за этимъ княземъ. Кулекъ съ жиромъ! У него и нервъ ни одинъ не реагируетъ, какъ слѣдуетъ!

— Пѣвицу изъ нея сдѣлаетъ.

— Содержанку! Вотъ что онъ изъ нея сдѣлаетъ! красота есть добро въ сіяніи. Это Платонъ сказалъ!.. Она должна была довести до поклоненія себѣ... Вотъ, что она должна была сдѣлать! Пускай стоитъ на колѣняхъ, реветъ бѣлужиной, жену оставить, дѣтей...

— Да онъ холостякъ.

— Все равно! Состояніе, жизнь, честь...

— Ворокуевъ! Да гдѣ же тутъ "добро въ сіяніи?"

125

— Мало ли что! Сама оставайся чистой, а кругомъ — хоть мертвыя тѣла... Вотъ оно, до чего доводитъ миндальничанье съ мальчишками, со студентами, со всѣмъ этимъ дикимъ народомъ.

Онъ задыхался. Его лицо подергивалось точно было изъ гутта-перчи.

Я ему сказалъ про письмо.

— Дайте! накинулся онъ.

На это я не согласился: а передалъ только, въ самой мягкой формѣ то, что до него касалось.

— Ха, ха! Тоже нравоученія!.. Это она на мнѣ выместила, это точно... Сама поймалась!.. Туда и дорога!

Вдругъ онъ смолкъ и сталъ пристально смотрѣть на домъ, гдѣ живутъ профессора и главный садовникъ. Я тоже поглядѣлъ... Съ крыльца сбѣжала Фиделька, за ней Вѣрный и еще нѣсколько псовъ.

— Видите!.. указалъ мнѣ Ворокуевъ.— Вотъ и мы... Надо покаяться... Думаешь линію изучить, а выходитъ, что ты пудель или дворняга... И будь благодаренъ, коли тебѣ только ухо прокусятъ... А она... какъ ея кличка, вы всѣхъ собакъ знаете?

— Фиделька!

— А Фиделька невредима!.. Экъ!.. Чушь. Прощайте... Я ѣду...

— Куда?

— На море... купаться... Жарища!.. Да и околѣешь здѣсь!

Онъ махнулъ рукой и, разводя руками, пошелъ мимо церкви къ шоссе.

XXXVI

Но что сталось съ Чулковымъ? Это меня безпокоило... Какъ ни дурилъ онъ, но нельзя же его бросать!.. Евгенія Дмитріевна внезапно уѣхала; онъ долженъ безумствовать... Не могъ же онъ притворяться и только напускать на себя, какъ "рисовальщикъ"

Я пошелъ на выселки. Очень парило. Надвигалась гроза. Воздухъ висѣлъ надъ вами и давилъ. Когда я миновалъ плотину, съ улицы выселковъ понесло чадомъ трактировъ и кабаковъ. Мною овладѣла какая-то непріятная тревога. Слишкомъ ужъ много событій случилось въ одинъ, въ два дня. Встрѣчи, разговоры, письма... Со мной всякій изливается. Такая ужъ моя доля... А вѣдь и у меня свое завелось. Оно живетъ во мнѣ, пробивается сквозь всѣ другія мысли и ощущенія.

Въ номерахъ все таже пустота, какъ и въ то послѣобѣда, когда я въ первый разъ зашелъ къ Чулкову. На его двери ни билета, ни бумажки... Я все-таки крикнулъ вдоль по корридору:

— Чулковъ дома?

Отворилась одна дверь... Показалась бѣлокурая, лохматая голова.

— Вамъ Чулкова? Его ужъ третій день нѣтъ.

— Уѣхалъ на вакацію?

— Не знаю. Врядъ ли. Въ городѣ или на дачахъ... Не возвращался.

Голова скрылась... Простыя слова "не возвращался" почему-то отзывались у меня внутри... "Можетъ, и не возвратится"?..

Только что сошелъ я внизъ и всталъ въ раздумьи: вернуться ли мнѣ по той же дорогѣ, или задами номеровъ перелѣзть черезъ ограду и очутиться въ паркѣ, или идти туда... къ Наденькѣ. Предо мной точно выросъ студентъ Обычный.

— Вы отъ него? спросилъ онъ меня съ озабоченной миной.

— Да, былъ у Чулкова.

— Вы знаете! Чучело! Вѣдь онъ того!..

— Что?

— Сейчасъ узналъ я... подъ Кунцево уѣхалъ въ лодкѣ.

— И что же?

— Да тоже, что наша Надежда хотѣла было произвесть...

— Не можетъ быть...

— Пропалъ!.. Видѣли, какъ онъ бродилъ по берегу...

— Надо искать!

— Гдѣ же искать?.. Мнѣ сказывалъ Матвѣевъ... Онъ съ нимъ былъ... Здѣсь у него любовныя дѣла... Одна... мадамъ жила... Вотъ и доигрался... Чучело!.. А жаль все-таки парня!..

— Ради Бога, не говорите ничего Надеждѣ Ѳедоровнѣ... сталъ я его упрашивать: — позднѣе, но не теперь.

— Узнаетъ и безъ меня.

Я еще разъ попросилъ его ничего ей не разсказывать.

— Да я у нихъ тамъ не буду цѣлую недѣлю. Мнѣ надо отлупиться на третью станцію по Николаевской... Я только вотъ забѣгу тутъ въ номера.

— Можетъ, и не пропалъ Чулковъ? сказалъ я, удерживая студента за руку.

— Гордецъ!.. Ему коляску подали! онъ и не стерпѣлъ. Все амуры въ головѣ-то были... Ну, некогда... Счастливо оставаться.

Чулковъ утопился? А почему нѣтъ? Я вижу отсюда все, что съ нимъ происходило въ эти три дня... Такое возбужденіе... обида, стыдъ, злость, нестерпимая жажда ласки, сознаніе своей правоты. Онъ побѣжалъ уже не съ пустыми руками... покончить съ ней, покончить съ собою... Но на дачѣ — ни души... Уѣхала за княземъ!.. кинуться за ней — не на что... И куда ѣхать?.. Не достанешь ея рукой... Опять безсонная ночь, блужданіе, безсильное отчаяніе... Не удивишь ея!.. Все равно погибла... погибать и самому!.. Вотъ и погибъ.

Но Наденькѣ не надо говорить... Помочь ужь нельзя. Если не покончилъ съ собою, вернется. А повторять при ней слухъ... быть можетъ, пустой, и заново разбередить все!.. "Петрусь" не проболтается, онъ ее любитъ.

Такъ думалъ я, по дорогѣ въ Ховрино; идти было душно, по я торопился... Сегодня привезутъ Наденькѣ піанино... А если не успѣютъ, то непремѣнно завтра. Лучше, еслибы она совсѣмъ не спрашивала про Чулкова... Да и не спроситъ... Надо только предупредить ея товарку.

Избушка смотритъ на меня всегда такъ привѣтливо... Но до нея еще далеко. Въ аллеѣ, ведущей къ господскому дому, что-то мелькнуло цвѣтное... Сердце мое ёкнуло...

— Это — Наденька!.. въ голубой рубашкѣ съ кожаннымъ кушакомъ. Я ее узналъ издали. И она меня узнала и побѣжала на встрѣчу, безъ шляпки, безъ зонтика, не боялась солнечныхъ лучей... А очень пекло... Я когда шелъ, все повторялъ: "быть грозѣ".

Мы встрѣтились у мостика. Она такъ и набѣжала на меня, схватила за руки, начала трясти ихъ... Лицо ея еще больше загорѣло, черты обострились. И тутъ опять сходство, то, парижское... всплыло предо мною. Тамъ "херувимское" личико притянуло къ себѣ... Здѣсь же сколько душевной простоты, ума, беззавѣтной доброты... Все это ждетъ отзыва... Отъ меня ли?

— Павелъ Иванычъ! вскрикнула Наденька и все трясетъ меня за руки:— какой вы, право, славный... Слишкомъ ужь балуете меня... Я еще только начала работу... а піанино прислали!

И застыдилась, смолкла, пошла рядомъ, потупившись.

— Въ паркъ зайдете? спросила она.— У насъ душно...

Подъ трельяжемъ мы поглядѣли другъ на друга и засмѣялись...

"Она тебѣ въ дочери годится", подумалъ я.

— Вамъ есть двадцать лѣтъ, Наденька?

Она остановилась.

— Я ужь пожила! Мнѣ двадцать два... Только маленькая... Такъ это собачья старость...

"Двадцать лѣтъ разницы... Ну, что-жь! Въ отцы гожусь или въ братья... во что приметъ"...

Въ бесѣдкѣ мы сѣли... Внизу желтѣла круглая клумба цвѣтовъ и проскользала голубая лента пруда. Мы смолкли.

— Павелъ Иванычъ, заговорила она первая:— знаете что... вы вѣдь удивительный человѣкъ.

— Полноте!

Я даже покраснѣлъ.

— Вамъ бы сдѣлаться докторомъ, только для особыхъ болѣзней... Вотъ я, напримѣръ, была больна...

— Душой? подсказалъ я.

— Да, да, но поди я тогда къ какому-нибудь спеціалисту... къ психіатру.. Онъ бы ничего мнѣ не помогъ. Они не умѣютъ. А вы умѣете.

Она протянула мнѣ опять обѣ руки, съ такимъ милымъ, дѣтскимъ движеніемъ, что у меня выступили слезы.

— Наденька, прошепталъ я, хотя насъ никто не слыхалъ,

129

кромѣ птички, чирикавшей въ бузинѣ.— Наденька, спасибо вамъ за такія слова. У меня къ вамъ одна просьба... Примите меня въ свои товарищи... Будемъ работать вмѣстѣ, тужить и радоваться...

— Да, да! захлопала она въ ладоши.— Это моя мечта... Знаете, есть у васъ карандашъ?

— Есть.

Она схватила и написала на стѣнѣ бесѣдки:

"Оборонительный и наступательный союзъ. 15-го іюля 187* года. Надежда Окунева, Павелъ...

— А вотъ фамиліи-то я не знаю вашей до сихъ поръ?

— Фамиліи не нужно. Я ея не люблю. Напишите просто. Павелъ Иванычъ.

— Извольте... Да, Павелъ Иванычъ — это чудесно будетъ... Была встряска. Ушло на это три мѣсяца. Довольно. Ваканціи кончились. И вамъ, я думаю, пора за дѣло приниматься. Мало со всѣми нами повозились?

И она такъ славно засмѣялась. Я глядѣлъ на нее, и на сердцѣ у меня дрожали совсѣмъ небывалые звуки. Поздно или рано они явились — мнѣ дѣла нѣтъ! Развѣ я чего-нибудь требую? И въ свѣтлыхъ, умныхъ глазахъ Наденьки я находилъ пониманіе. Только она еще не чуетъ, какъ стала мнѣ дорога.

Фразъ намъ не надо было. Въ одномъ ея вопросѣ заключалось все.

— Вы не знали ласки? я это вижу.

Чего же больше? И все, что потомъ говорилось, окрашено было для меня въ другой цвѣтъ. Самыя простыя слова, шутки... Такъ, видно, нужно... И я прохожу чрезъ тоже... Другіе — юношами, я — зрѣлымъ "наперсникомъ".

Мы пробыли въ паркѣ до обѣда. Наденька проводила меня до шоссе.

— Уходите, уходите, повторяла она: — а то васъ захватитъ дождь. Я успѣю добѣжать... У насъ ѣда нынче самая первобытная... а вы все ходите, совсѣмъ изведетесь.

На мостикѣ мы разстались. Я ей сказалъ чуть слышно:

— Наденька! хорошо ли будетъ... если я привяжусь... имѣю ли я право?..

Она поглядѣла на меня съ улыбкой въ глазахъ и опустила голову.

— Да вы моложе меня... душой, выговорила она: — съ вами нечего уже бояться!

И какъ мнѣ захотѣлось взять ее, какъ маленькую, поднять на руки, расцѣловать. Ничего этого я, конечно, не сдѣлалъ. Убѣжалъ постыдно... боялся не знаю чего. Своего "почтеннаго" возраста или того, что расплачусь?

Я шелъ скоро, скоро... Наденька что-то крикнула... я не обертывался. Такъ и несло меня. Не сорокъ лѣтъ сидѣло у меня за плечами! Нѣтъ! Я не жилъ, я только "дежурилъ", стоялъ на часахъ... *Люблю я и теперь людей не меньше, чѣмъ прежде; но и моя пора пришла... поздняя... За то ясная, безъ бурной тревоги, готовая на всякія жертвы!..*

Все вдругъ потемнѣло вокругъ меня! Ударъ, другой, третій — и полилось какъ изъ ведра. Я отскочилъ въ сторону, думая, что иду уже лѣсомъ, но тянулось еще шоссе. Въ двѣ минуты, на мнѣ не было нитки сухой, ботинки хлопали, за шею текли ручьи, но что за бѣда!.. Наденька спаслась. Ей было близко. Мокрый, въ грязи, по лужамъ, я шелъ, не останавливаясь, не поворачиваясь ни вправо, ни влѣво, точно предо мною что блистало и манило меня. Ни одной минуты не занялся я своимъ промокшимъ тѣломъ. Мнѣ было даже весело.

Вотъ и заглохшій, старый паркъ и развалина графскихъ хоромъ. Такими они мнѣ кажутся живописными, милыми, задушевными. И вся вереница годовъ пронеслась предо мною. Я не чувствовалъ ни горечи, ни сожалѣнія, ни страха за будущее... И только въ ушахъ звучалъ стихъ... Давно, давно, больше пятнадцати лѣтъ, я повторялъ его, какъ пустую мечту:

"И, можетъ быть, на мой закатъ печальный
"Блеснетъ любовь улыбкою прощальной?"

Дождь пересталъ. Облако разомъ треснуло и изъ него полились лучи теплаго розоваго свѣта.

Живу, живу!..